한 줄도 진짜 못 쓰겠는데요

한 줄도 ^{진짜} 못 쓰겠는데요

SNS부터
기획서까지
술술 써지는
글쓰기 수업

마에다 야스마사 지음 | 황혜숙 옮김

Kyra

"제 생각을 글로 명확히 전달할 수가 없어요."
"문장을 어떻게 풀어 나가야 할지 모르겠어요."
"뭘 써야 하는지조차 알 수 없어요."

수많은 사람들이 이러한 고민을 털어놓는다. 일상에서 글을 쓸 일은 의외로 많다. 학교에서는 작문을 하거나 보고서를 써야 하고, 진학을 하거나 일을 구할 때는 자기소개서가 필요하며, 직장에서는 일목요연한 기획서, 작업 지시서, 업무 보고서 등을 작성해야 한다. 나아가 지긋한 나이가 되어 살아온 인생을 정리하는 회고록이나 자서전을 쓰고 싶은 사람도 있을 것이다.

그런데 글을 잘 쓸 수가 없다!

이런 고민을 안고 있는 사람들을 위해 이 책을 기획했다. 일단 한 줄 그리고 또 한 줄, 이해하기 쉽게 글을 이어 나가는 방법을 연습해 보고자 한다. 물론 이 책 한 권으로 당장 글을 술술 쓸 수 있게 된다고 단언할 수는 없다. 하지만 글을 쓰는 데는 분명 요령이 있다. 그 요령을 짚어 가며 쓰다 보면 반드시 길이 열릴 것이다.

제1장에서는 '문장을 연결해 나가는 법'을 소개할 것이다. 누가, 언제, 어디서, 무엇을, 어떻게, 왜라는 육하원칙 중에서도 소홀해지기 쉬운 '왜(Why)'에 초점을 두고 쓰는 방법이다. 여행가서 즐거웠던 이야기를 쓰고자한다면 우선 '왜'와 '어째서'를 파헤쳐 본다. '왜 즐거웠나?', '왜 여행을 하기로 했는가?' 등을 중심으로 글을 풀어내는 것이다.

제2장에서는 '독자를 의식한 글쓰기'를 살펴볼 것이다. 자기 혼자만 보는 일기는 상관없지만 다른 사람에

게 보여 주려면 그가 이해할 수 있도록 내용을 하나하나 구체적으로 써야 한다. 구체적으로 쓴다는 것은 무엇일까? 예를 들어 추상적인 주제나 사회 문제를 다루는 글을 쓸 때 자신의 경험이나 실생활을 사례로 드는 것이다. 혹은 보고서를 작성할 때 '많다', '가깝다'처럼 애매모호한 표현을 쓰기보다 정확한 숫자가 들어간 자료를 근거로 제시하면 구체적이고 객관적으로 사실을 전달할 수 있다.

제3장에서는 '직접 관찰하고 경험한 것을 쓰기'가 얼마나 중요한지 볼 것이다. 우리는 살아가면서 다양한 것을 보고 듣고 느낀다. 하지만 정작 무언가를 떠올리려고 하면 세세한 부분이 좀처럼 생각나지 않는다. 제대로 보고 듣고 느끼지 않았기 때문이다. 그러면 아무리 다양한 체험을 해도 구체적으로 떠올릴 수 없다. 바꿔 말해, 늘 의식적으로 경험하면 틀림없이 글을 쓸 만한 소재를 찾을 수 있다는 것이다. '왜/어째서'라는 관점에서 상황을 관찰하는 방법을 자세히 살펴보자.

제4장에서는 '기승전결'의 틀을 적용해 1천 자 글쓰

기에 도전해 볼 것이다. 벚꽃을 주제로 어떻게 글을 풀어 나갈지 마치 옆에서 알려 주듯 함께 생각해 본 후 마지막으로 작성한 글을 다시 검토하는 퇴고의 중요성을 설명할 것이다.

자, 이제 책을 펼치고 한 문장을 써 보자.

차례

4장 '틀'에 맞춰 글의 구조를 잡는다

1장

왜 짧은 문장밖에 쓸 수 없을까?

'왜/어째서'
그렇게 생각하는지를 쓴다

글을 읽는 사람에게 무언가를 전달하려면 일정 분량의 문장이 필요하다. 하지만 글쓰기 초심자는 그만큼의 글을 쓰려면 어떻게 해야 하는지 도무지 알 수 없다. 몇 줄 쓰다가 더는 나아가지 못하는 이들을 위해 글쓰기의 기본을 함께 생각해 보자.

직장 생활을 하다 보면 보고서나 기획서 같은 글을 수시로 써야 한다. 또 자서전이나 기행문처럼 자신에게 의미 있는 글을 남기고 싶어 하는 사람이 많다. 그러나 "글이 이어지지 않는다", "무엇을 어떻게 쓰면 좋을지 모르겠다", "소재조차 못 찾겠다"는 말이 자주 들린다.

자기 생각이나 느낀 점을 전달하려면 일정 분량의 문장이 필요하다. 왜 그럴까? 우선 그 이유를 생각해 보자.

○ 너무 짧은 글로는 원하는 것을 전달할 수 없다

다음의 예문을 살펴보자. 라인이나 카카오톡 같은 소셜 네트워크 서비스(SNS)에서 흔히 볼 수 있는 대화다.

예문 1 ──

어제 본 영화, 장난 아니었어.

쩔어ㅋㅋㅋ

예문 2 ──

맛점!

자주 주고받는 이런 말은 짧아도 의사 전달에 문제가

없으니 괜찮다고 생각할 수 있다. 그러나 이는 어디까지나 친구 간의 대화다. 친구끼리라면 제대로 된 문장이 아니어도 상관없지만 누구에게나 이런 줄임말을 썼다가는 자칫 오해를 사거나 큰 문제로 발전할 수도 있다.

예문 1에서 '어제 본 영화'라는 짧은 문장에는 누가 누구에게 어떤 영화의 무엇을 말하고 있는지 담겨 있지 않다. 또한 '쩔어'는 '대단하다'라는 뜻의 속어다.

예문 2의 '맛점'은 점심을 맛있게 먹으라는 의미인 '맛있는 점심'의 줄임말이다. 그 외에 '차가운 도시 남자'를 '차도남'이라 하거나 슬픔을 표현하는 ㅠㅠ, ㅜㅜ처럼 특유의 단축 표현도 있다. 캐릭터를 이용한 이모티콘이나 스티커는 무척 빈번히 사용된다.

간단히 대화하며 신속하게 반응하거나 분위기를 전달하기에는 편리할 수 있다. 또한 친구끼리 이런 짧은 문장을 주고받을 때의 장점을 부정할 생각도 없다. 하지만 자기 생각을 친구가 아닌 제3자에게 확실하게 전하려면 제대로 풀어서 설명해야 한다. 의미를 전달하기 위해서는 일정 분량의 문장이 필요하다는 것이다.

"글은 되도록 짧게 쓰라고 하던데요?" 이렇게 반박할지도 모른다. 대부분의 글쓰기 책에 그렇게 쓰여 있기 때문이다. 하지만 여기에는 오해가 있다. '하나의 문장을 가급적 짧게 쓰라'는 것이지 '여러 문장을 이어서 구성한 글을 짧게 쓰라'는 것이 아니다.

그럼, 문장과 글은 어떻게 다를까?

> **문장:** 완결된 내용을 갖는 문법상의 최소 단위. 주어와 서술어를 갖추고 문장 끝에 마침표, 물음표, 느낌표 등의 문장 부호가 붙는다.
> **글:** 한 개 이상의 문장을 이어서 생각이나 일 따위의 내용을 기록한 것.

문장이 길어지면 주어와 서술어의 관계를 파악하기 힘들어질 수 있기 때문에 '문장을 짧게 쓰자'고 하는 것이다. 다시 말해 하나의 문장은 한 가지 내용에 집중해서 간결하게 써야 한다.

하나의 문장에는 한 가지 내용만!
문장과 글의 차이를 이해하자.

상대가 이해하기 쉽게 글을 쓰려면 하나하나 구체적인 예를 들어 살을 붙여야 한다. 이것은 사실 별로 어렵지 않다. '무엇을 어떻게 쓰면 좋을지 알 수 없군', '주제조차 정하지 못하겠어' 같은 생각이 드는 이유는 주로 관찰이 부족하거나 설명해야 할 내용을 제대로 넣지 않았기 때문이다.

이런 고민은 생각을 조금 바꾸기만 하면 금세 해결된다. 당신이 경험한 일과 당시 했던 생각은 당신밖에 알지 못한다. 그것을 하나하나 파헤쳐서 객관적으로 설명해 보자. 그렇게 하다 보면 쓰고 싶은 것, 써야 할 것이 보이기 시작한다.

쓰고 싶은 것이 정해졌다면 그 다음은 어떻게 살을 붙이면 좋을지를 생각해야 한다. '계속해서 써 나갈 수가 없다', '다음 문장을 어떻게 이어야 할지 생각이 떠오르지 않는다'고 고민하게 되는 가장 큰 이유는 '왜'와 '어째서'를 쓰지 않은 데 있다. 우선 거기에서 출발해 1백~2백 자의 글을 써 보자.

○ 육하원칙을 의식해서 쓰기

육하원칙은 글쓰기를 배울 때 가장 먼저 꼽는 사항이다. '누가(Who) 언제(When) 어디서(Where) 무엇을(What) 어떻게(How) 왜(Why) 하다'라는 여섯 가지 원칙을 지키며 글을 쓰는 것으로, 뉴스와 신문 기사를 쓸 때는 기본적으로 육하원칙을 따른다. 그리고 일반적인 작문이나 비즈니스 문서에도 적용할 수 있다. 단, 글쓴이 본인이 주어라는 사실이 명확할 때는 '누가'를 생략하는 편이 깔끔하다.

3월 10일, 경기도 의정부시 국도에서 75세 여성이 뒤에서 오토바이를 타고 접근한 남자에게 가방을 날치기 당했다. 여성은 그 사고로 넘어져서 왼쪽 손목 골절 등 전치 3개월 의 중상을 입었다.

언젠가 신문에 실린 이 기사는 누가(75세 여성이) 언제 (3월 10일에) 어디서(경기도 의정부시 국도에서) 무엇을(가 방을) 어떻게 하다(뒤에서 오토바이를 타고 접근한 남자에 게 날치기 당했다)는 요소를 갖추고 있다.

용의자가 가방을 날치기한 이유는 설명하지 않았다. 사건 발생의 이유는 보통 용의자의 동기이므로 사건의 개요에는 쓰지 않고 대개 며칠 후에 상세하게 보도하곤 한다. 그래도 독자는 왜 용의자가 75세 여성의 가방을 날치기 했는지 알고 싶을 것이다. 중대한 사건일 경우 첫 보도와는 별도로 사건의 배경을 검증하는 기사를 싣 기도 한다.

하지만 신문 기사가 아니라 자신의 경험을 쓰는 글이

라면 처음부터 이유를 넣는 게 좋다. 육하원칙을 기본으로 핵심에서 벗어나지 않는 글을 완성하는 것이다.

그럼 다음 예문을 통해 '기본적인 문장'이 무엇인지 구체적으로 살펴보자.

예문 ⟶

고양이를 보았다.

'누가'가 쓰여 있지 않지만 '내가'라는 주어가 생략되어 있음은 쉽게 짐작할 수 있다. '무엇을(고양이를)'과 '어떻게 하다(보았다)'로 구성된 문장으로 '언제'는 제시되지 않았다.

교정 1 ⟶

어제 고양이를 보았다.

다음은 '어디서'를 덧붙인다.

교정 2 ──→

어제 유흥가 골목에서 고양이를 보았다.

육하원칙에서 '언제 어디서 (누가) 무엇을/어떻게 하다'를 충족시켰다.

어제 쌍안경으로 유흥가 골목에서 고양이를 보았다.

이렇게 하면 더 구체적인 '어떻게'까지 덧붙일 수 있다.

글을 이어 갈 수 없다고 고민하는 사람은 교정 2단계에서 멈추고 만다. 다시 말해 글을 못 쓰는 사람도 최소한 '누가 언제 어디서 무엇을/어떻게 하다'까지는 쓸 수 있다는 말이다.

문제는 그 다음부터다. 글을 이어 가기 위해서는 '왜'라는 요소가 필요하다. '왜 그렇게 생각하는가?', '어째서 그렇다고 생각하는가?'라는 이유나 원인을 밝혀야 자신의 생각과 감정을 전달할 수 있다.

교정 2에서 고양이를 본 사실의 대략적인 상황은 파악할 수 있다. 하지만 이것만으로는 아직 완성된 문장이 아니다. 애초에 '고양이를 보았다'는 문장을 왜 썼을까? 어떤 고양이었는지, 고양이를 보고 무슨 생각을 했는지 점점 의문이 생긴다. '왜'를 쓴다는 것은 그 이유 또는 원인을 미리 제시하는 것이다.

교정 3 ⟶

어제 유흥가 골목에서 고양이를 보았다. <u>혼잡한 주변 분위기와 동떨어진 모습에 시선을 빼앗기고 말았다.</u>

처음에 '고양이를 보았다'라는 문장을 쓴 이유는 '혼잡한 주변 분위기와 동떨어진 모습에 시선을 빼앗겼기 때문'이다. 그러면 그 고양이가 '왜 혼잡한 주변 분위기와 동떨어져 있다고 느꼈는가?'라는 새로운 '왜'로 이어진다. 그 이유를 설명해 보자.

교정 4 ⟶

어제 유흥가 골목에서 고양이를 보았다. 빈 맥주 박스 위에 앞발을 가지런히 모으고 앉아 있는 자태에서 고귀한 분위기가 느껴졌다. 혼잡한 주변 분위기와 동떨어진 모습에 시선을 빼앗기고 말았다.

혼잡한 분위기와 동떨어진다고 생각한 이유는 '빈 맥주 박스 위에 앞발을 가지런히 모으고 앉아 있는 자태에서 고귀한 분위기가 느껴졌기' 때문임을 알 수 있다. 그럼 이어서 '왜 고귀한 분위기가 느껴졌는가?'라는 의문이 생긴다. 그 이유를 추가해 보자.

교정 5 ⟶

어제 유흥가 골목에서 고양이를 보았다. 푸르스름한 잿빛 털을 가진 고양이의 눈은 에메랄드그린 색이었다. 빈 맥주 박스 위에 앞발을 가지런히 모으고 앉아 있는 자태에서 고귀한 분위기가 느껴졌다. 혼잡한 주변 분위기와 동떨어진 모습에 시선을 빼앗기고 말았다.

고귀한 분위기가 느껴진 것은 '푸르스름한 잿빛 털과 에메랄드그린 색 눈'에서 비롯되었다는 사실이 덧붙여졌다. 이로써 고양이에게 시선을 빼앗긴 이유가 분명해졌다. '귀하게 길러진 특별한 품종의 고양이인 듯하다'라고 덧붙여서 이야기를 더 전개할 수도 있지만 일단 여기까지 하자.

다음 교정문은 문장 표현과 연관된 것이므로 참고로 읽어 보자.

교정 6 ⟶

어제 유흥가 골목에서 고양이 한 마리에게 시선을 빼앗겼다. 푸르스름한 잿빛 털을 가진 고양이의 눈은 에메랄드그린 색이었다. 빈 맥주 박스 위에 앞발을 가지런히 모으고 앉아 있는 모습은 혼잡한 주변 분위기와 달리 고귀한 분위기를 풍겼다.

보통 길고양이와는 다른 모습이었다는 점을 강조하기 위해 '고양이를 보았다'를 '고양이 한 마리에게 시선을 빼앗겼다'라고 수정했다. 그리고 시선을 빼앗긴 이유를 제일 마지막으로 가지고 와서 '빈 맥주 박스 위에 앞발을 가지런히 모으고 앉아 있는 모습은 혼잡한 주변 분위기와 달리 고귀한 분위기를 풍겼다'라고 했다. 글에 정답은 없다. 이렇게 쓸 수도 있음을 참고하기 바란다.

이처럼 '고양이를 보았다'는 짧은 문장이 1백 자가 훌쩍 넘는 글로 완성되었다. '왜'라는 이유, 의문에 대답을 추가했기 때문이다.

요약하면 이렇다. 문장을 잘 쓰지 못하는 사람은 '왜/어째서'라는 내용을 빼고 '누가 언제 어디서 무엇을/어떻게 하다'의 다섯 가지로 끝내는 경우가 많다. '왜/어째서'의 요소를 넣으면 글을 이해하기가 훨씬 쉽고 내용도 풍요로워진다.

이제 다른 예문을 가지고 2백~3백 자의 글을 만들어 보자.

어제 나는 동물원에서 사자를 보았다.

위 문장은 누가(나는) 언제(어제) 어디서(동물원에서) 무엇을(사자를) 어떻게 하다(보았다)는 요소로 구성되어 있다. 하지만 '왜 동물원에 갔는가?', '왜 사자를 보았는가?'를 설명하지 않았다. 그러므로 이 문장을 읽은 사람은 '사자를 본 것은 알겠는데 그래서 어쨌다는 거지?'라는 생각이 든다. 읽는 사람의 의문에 대답하는 마음으로 글을 덧붙여 보자.

어제 학교에서 동물원으로 소풍을 갔다. 어릴 때부터『밀림의 왕자 레오』를 무척 좋아했던 나는 가장 먼저 사자를 보러 갔다.

이렇게 하면 왜 동물원에 갔는지, 왜 사자를 보았는지의 이유가 분명해진다. 소풍은 여럿이 함께 가므로 사자를 가장 먼저 보러 간 사람이 누구인지를 명확히 하기 위해 '나는'이라는 주어를 제시했다. 이 문장에 '왜 『밀림의 왕자 레오』를 좋아했는가?'라는 이유를 덧붙여 보자.

교정 2 ⟶

어제 학교에서 동물원으로 소풍을 갔다. 어릴 때부터 『밀림의 왕자 레오』를 무척 좋아했던 나는 가장 먼저 사자를 보러 갔다. 그 책은 다섯 살 생일 선물로 아빠에게 받은 것이다.

『밀림의 왕자 레오』가 아빠에게 생일 선물로 받은 책이라는 내용을 추가해서 1백 자 정도의 글을 완성했다. 하지만 그 책을 좋아하는 직접적인 이유가 충분히 설명되지 않았다. 『밀림의 왕자 레오』를 좋아하는 이유가 감동적인 책의 내용 때문이라면 그 내용을 추가해 보자.

어제 학교에서 동물원으로 소풍을 갔다. 어릴 때부터 『밀림의 왕자 레오』를 무척 좋아했던 나는 가장 먼저 사자를 보러 갔다. 그 책은 다섯 살 생일 선물로 아빠에게 받은 것이다. <u>새하얀 사자 레오가 밀림의 친구들과 더불어 살아가는 모습이 감동적이었다.</u>

이제 왜 감동을 받았는지가 분명해졌다. 분량도 순식간에 늘어나 140자가 되었다. 조금 더 나아가 평소에 좋아하던 사자를 실제로 보고 '어떻게 생각했는지' 덧붙여 보자.

어제 학교에서 동물원으로 소풍을 갔다. 어릴 때부터 『밀림의 왕자 레오』를 무척 좋아했던 나는 가장 먼저 사자를 보러 갔다. 그 책은 다섯 살 생일 선물로 아빠에게 받은 것이다. 새하얀 사자 레오가 밀림의 친구들과 더불어 살아가는 모습이 감동적이었다. <u>그런데 동물원의 사자는</u>

하얗지 않은 데다 볕이 잘 드는 곳에서 잠만 자고 있었다. 책에서 본 레오와는 다른 모습에 조금 실망했다.

실제 사자는 흰색이 아니었고 잠만 자고 있어서 '책에서 본 레오와는 다른 모습에 조금 실망했다'라는 솔직한 감상이 더해졌다. 이렇게 해서 220자 정도의 글을 완성했다. 하지만 하얀 사자가 상상으로 만들어진 것인지 실존하는 것인지 의문이 생길 수 있다. 그 내용을 덧붙이면 어떨까?

교정 5 ⟶

어제 학교에서 동물원으로 소풍을 갔다. 어릴 때부터 『밀림의 왕자 레오』를 무척 좋아했던 나는 가장 먼저 사자를 보러 갔다. 그 책은 다섯 살 생일 선물로 아빠에게 받은 것이다. 새하얀 사자 레오가 밀림의 친구들과 더불어 살아가는 모습이 감동적이었다. 그런데 동물원의 사자는 하얗지 않은 데다 볕이 잘 드는 곳에서 잠만 자고 있었다. 책에서 본 레오와는 다른 모습에 조금 실망했다. 사육사

아저씨가 '에버랜드 동물원에는 하얀 사자가 있다'고 가르쳐 주었다. 여름 방학 때 가족과 함께 보러 가고 싶다.

에버랜드 동물원에 하얀 사자가 있다는 새로운 정보가 더해져 글에 무게가 실렸다. 어려운 말은 한 마디도 쓰지 않았는데 말이다. 이런 식으로 육하원칙의 요소를 하나씩 구체적으로 더해 가면 문장을 이어 갈 수 있다. '왜'와 '어째서'를 신경 쓰며 글을 써 보자.

point

'왜/어째서'를 넣어 문장에 살을 붙인다.

어떻게 하면
구체적으로 쓸 수 있을까?

글은 자기 자신뿐 아니라 다른 사람이 읽는 것을 전제로 쓸 때가
많다. 독자는 글의 내용으로 머릿속에 이미지를 떠올리므로 관념
적으로 쓰기보다 최대한 사실에 근거해서 구체적으로 설명해야
한다.

"글을 구체적으로 쓰라"라는 말을 종종 듣는다. 구체적
으로 쓴다는 것은 무슨 뜻일까? 앞에서 말한 '왜/어째
서'의 요소를 가미하라는 의미다.

가장 주의할 점은 '내가 알고 있는 것을 읽는 사람도
알고 있겠지'라고 착각하지 않는 것이다. 그런 착각 때

문에 필요한 설명이나 '왜/어째서'의 요소를 빠뜨리게 된다. 읽는 사람은 글에 쓰여 있는 것만으로 상황을 파악한다. 따라서 독자의 상상을 최대한 끌어낼 수 있도록 글을 쓰는 것이 관건이며 그렇기 때문에 '왜/어째서'를 자세히 풀어 써야 하는 것이다.

예문 ──

3년 전에 나는 이가 아파서 종합병원 치과에서 진료를 받았다.

- 치과에서 진료를 받은 이유(왜) → 이가 아파서
- 어느 치과에 갔나 → 종합병원 치과

단순한 구조로 이루어진 이 문장에서 집 근처 치과가 아니라 '종합병원 치과'라고 특정한 부분에 주목해 보자.

예문만 읽고는 종합병원에 간 이유를 알 수 없다. 글쓴이가 '내가 알고 있는 것을 상대도 알겠지'라고 믿고 무의식적으로 설명을 건너뛰었기 때문이다. 이유를 설명하지 않으면 굳이 '종합병원 치과에서 진료를 받았다'라고 쓴 의도가 전해지지 않는다. 그럼 다음과 같이 '이유'를 덧붙여 보자.

교정 1 ——

나는 선천적으로 치아가 튼튼했다. 그런데 3년 전에 갑자기 치통이 생겨 어느 병원에 갈지 고민하다 종합병원을 찾아갔다. 큰 병원이라면 문제없으리라고 생각했기 때문이다.

- 선천적으로 이가 튼튼해서 치과에 간 적이 없다.
- 단골 병원이 없으니 종합병원이라면 문제없으리라고 생각했다.

이제 종합병원에 가게 된 '이유(왜)'를 알 수 있다. 여기까지가 도입부다.

그렇다면 '종합병원 치과에서 받은 진료는 어땠을까?'라는 새로운 의문이 생긴다. 그 이야기를 이어 가 보자.

나는 선천적으로 치아가 튼튼했다. 그런데 3년 전에 갑자기 치통이 생겨 어느 병원에 갈지 고민하다 종합병원을 찾아갔다. 큰 병원이라면 문제없으리라고 생각했기 때문이다. 그런데 의사가 "여기는 다른 질병도 있어서 치료받기 힘든 사람이 오는 곳입니다"라고 했다. 언짢은 기색이 역력한 강한 어조였다.

- 다른 질병도 있어서 치료받기 힘든 사람이 오는 곳.
- 의사는 언짢은 기색이 역력한 강한 어조로 말했다.

종합병원에서 일어난 일을 추가했다. 하지만 이렇게 쓰면 한번 읽었을 때 '다른 질병도 있어서 치료받기 힘든 사람'이 누구를 말하는지 분명하지 않다. 글쓴이인 '나'인지 일반적으로 '종합병원에서 진찰하는 환자'인지 애매하다.

글쓴이가 무의식적으로 '내가 알고 있는 사실을 독자도 알겠지'라고 생각했기 때문에 설명이 부족하다. 독자가 불필요한 의문을 갖지 않도록 미리 자세하게 설명해 주는 것이 좋다.

이 글에서는 '종합병원은 간단한 충치를 치료하는 곳이 아니라 복합적인 질병이 있어서 일반 치과에서는 치료받기 힘든 환자를 보는 곳이다'라는 취지를 처음부터 말해 주면 수월하게 이해될 수 있다.

교정 3 ⟶

나는 선천적으로 치아가 튼튼했다. 그런데 3년 전에 갑자기 치통이 생겨 어느 병원에 갈지 고민하다 종합병원을 찾아갔다. 큰 병원이라면 문제없으리라고 생각했기 때문이다. 그런데 의사가 "여기는 치과 질환뿐 아니라 다른 질병도 앓고 있어서 동네 치과에서는 치료받기 힘든 환자를 보는 곳입니다"라고 언짢은 기색이 역력한 강한 어조로 말했다.

이렇게 2백 자 정도의 글이 되었다. 대화문을 얼마나 충실하게 재현할 것인가도 중요하지만 무엇보다 읽는 사람이 내용을 확실히 이해할 수 있어야 한다. 에세이나 산문을 쓸 때는 대화에서 부족한 요소를 글의 취지를 바꾸지 않는 선에서 충분히 보충 설명해야 한다.

다시 말해 글을 구체적으로 쓰지 못하는 가장 큰 이유는 글쓴이 자신의 경험을 읽는 사람도 알 것이라고 믿고 설명을 생략하는 데 있다.

교정 2에도 여전히 그런 부분이 남아 있다. 대개 종합병원은 고도의 의료 서비스가 필요한 환자를 위한 곳이라는 사실을 모두 알고 있을 것이라고 전제하고 있다. 앞에 종합병원과 동네 치과의 차이를 써 줬다면 읽는 사람도 혼동하지 않았을 것이다.

구체적인 글쓰기란 하나하나의 정보를 과하거나 모자람 없이 쓰는 것이다. 그것이야말로 이해하기 쉬운 문장을 만드는 비법이다.

○ '나의 생각'을 쓰는 요령

글쓰기 책에서는 '어떻게 생각하고 어떻게 느꼈는지를 솔직하게 쓰라'고 가르친다. 그래서인지 초등학생의 작문을 읽어 보면 맨 마지막에 '매우 좋았다', '재미있었다' 같은 감상을 적는 경우가 많다. 그런 글도 나름대로 귀엽지만 어른이 쓸 문장은 아니다.

우리가 어떤 사건이나 일화를 글로 쓰는 것은 '전하고 싶은 감동'이 있어서가 아닐까? 그렇다면 왜 좋았는지, 왜 재미있었는지 감동받은 내용을 구체적으로 써서 전달해야 한다. 그저 '좋았다'라고만 쓰면 글쓴이의 감정을 이해할 여지가 없어진다.

다음 예문을 통해 어떻게 생각했는지, 어떻게 느꼈는지를 전할 때 무엇을 주의해야 할지 살펴보자.

예문 ──

아버지의 고향집에서 본 저녁노을이 아름다웠다.

'아름다웠다' 같은 직접적인 표현을 모두 삭제하라는 말은 아니다. 하지만 '아름다웠다'라고 쓰면 거기에서 감상은 끝나 버린다. 글쓴이의 감동이 더 이상 드러나지 않는다. 내가 왜 그렇게 생각했는지, 어떻게 느꼈는지를 써 주어야 독자도 이해할 수 있다. 감상에서도 '왜/어째서'가 필요하다.

추상적인 감상을 설명하는 방법으로는 '지금까지의 경험과 비교하기'가 있다. "지금까지 본 그 어떤 저녁노을보다도 아름다웠다"라고 하면서 이전의 저녁노을과 무엇이 어떻게 다른지를 풀어 써 준다. 처음 마주하는 경험이라면 처음이라는 사실을 밝히면 된다. 경험하지 못한 과거와 비교하는 것이다.

- 지금까지 봤던 저녁노을은 어떤 색이었나?
- 아버지의 고향집에서 본 저녁노을은 이전과 비교해서 무엇이 어떻게 다른가?

이런 설명을 중심으로 써 나간다.

하굣길에 늘 보던 도심의 저녁노을은 우중충하고 칙칙한 주홍색으로 윤곽이 뚜렷하지 않았다. 하지만 아버지의 고향집이 있는 강원도 논밭에서 본 저녁노을은 무척 선명했다. 서쪽 하늘 밑에서 붉은 빛이 일직선으로 내리비쳤다. 논두렁 수면에 반사된 석양에 눈이 부셨다. 하루의 끝이 이토록 빛으로 가득하다는 사실을 이전에는 미처 알지 못했다.

- 윤곽이 뚜렷하지 않은 도심의 저녁노을은 우중충하고 칙칙한 주홍색이었다.
- 아버지의 고향집 논밭에서 본 저녁노을은 선명했다.
- 저녁노을은 서쪽 하늘 밑에서 일직선으로 내리비쳤다.
- 논두렁에 반사된 석양에 눈이 부셨다.
- 저녁 풍경은 빛으로 가득하다.

교정에서는 도시와 시골을 비교하여 살을 붙이고 그 차이를 부각시켰다. 그 다음은 아버지 고향집에서 본 저녁노을의 정경을 그대로 적어 내려갔을 뿐이다.

직접적으로 '아름다웠다'고 쓰는 대신 '하루의 끝이 이토록 빛으로 가득하다는 사실을 이전에는 미처 알지 못했다'고 표현했다. 강원도의 저녁노을이 도시와 비교해서 무엇이 다르고 왜 감동적이었는지를 구체적으로 드러냈다.

point

감동은 '비교'에서 시작된다.
비교 속에 '왜'가 있다.

○ 문장에
살을 붙이는 방법

이번에는 다음 예문으로 1천 자 정도의 글을 써 보자. '왜/어째서'라는 의문점에 대답하는 형식으로 살을 붙여 나가는 것이다.

친구와 오랜만에 밥을 먹으러 갔다. 매우 좋은 식당으로 무척 맛있었다. 대화도 탄력을 받아 즐거운 시간이었다.

첫 문장 '친구와 오랜만에 밥을 먹으러 갔다'를 살펴보자. 친구라고 한마디로 표현했지만 그가 대학 시절 친구인지 직장에서 만난 사람인지 알 수가 없다. 또한 '오랜만'은 얼마만큼의 기간을 가리키는 것일까? 식사로 무엇을 먹었을까? 중국 요리, 프랑스 요리, 이탈리아 요리 등등. 애초에 왜 밥을 먹으러 가게 되었는지도 알 수 없다.

"도쿄에 출장 가는데 오랜만에 밥이라도 먹자"라며 대학 시절 친구가 전화를 했다. 3년 전 대학을 졸업하며 무역 상사에 입사한 그는 지금 대만에서 일하고 있다. 금요일 저녁에 만나기로 약속을 잡았다.

"뭐 먹고 싶어?"라고 묻자 친구는 "중식"이라고 대답했다. "대만 본고장에서 먹을 수 있는데 굳이 일본까지 와서 먹을 필요는 없지 않아?"라고 말하니 "아니, 오히려 하루에 한 끼라도 먹지 않으면 불안해"라고 했다. 그래서 신주쿠에 있는 싸고 맛있기로 유명한 식당을 예약했다.

도입 부분이 270자 정도 되었다. 내용을 정리해 보자.

- 친구가 도쿄에 출장을 와서 함께 식사를 하기로 했다.
- 그는 대학 시절 친구다.
- 졸업 후 3년 만에 만나는 것이다.
- 친구는 무역 상사에 입사해 대만에서 일하고 있다.
- 친구가 중식이 먹고 싶다고 해서 신주쿠에 있는 식당을 예약했다.

'친구와 오랜만에 밥을 먹으러 갔다'는 짧은 문장 뒤에는 이야기가 숨어 있다. 왜 식사를 하게 되었는지, 오랜만은 얼마만큼의 기간인지, 식사는 어디에서 했는지 등을 써 내려가는 것만으로도 구체적인 이미지가 떠오르기 시작한다.

다음은 식당에서 만나 식사를 했을 당시의 상황으로
이어 가 보자. 처음 예문에서 '매우 좋은 식당으로 무척
맛있었다'는 부분이다.

매우 좋은 식당이란 어떤 식당인가? 왜 좋다고 생각
하는가? 왜 음식도 맛있다고 생각했는가? 등 여러 가
지 궁금한 점이 생긴다. 그런 질문에 답하듯이 글을 이
어 간다.

예약한 식당은 붉은 벽돌 창고 같은 외관에 내부 천장에
는 소시지와 상어지느러미가 매달려 있었다. 친구는 "대
만보다 더 대만 같은 인테리어네!"라며 만족스러운 듯이
소시지, 공심채, 왕만두, 물만두 등을 차례차례 주문했다.
우선 생맥주로 건배하면서 목을 축였다. 대학 근처 저렴
한 선술집에서 한잔하던 당시로 돌아간 것 같았다. 3년
이라는 공백은 순식간에 사라졌다. 요리는 기름지지 않
고 담백했다. 향신료를 적절히 사용해 질리지 않는 맛이
었다.

두 번째 문단으로 250자 정도가 늘었다. 다음과 같은 요소를 덧붙였기 때문이다.

- 식당의 외관은 붉은 벽돌 창고 같았다.
- 식당 내부에는 소시지와 상어지느러미가 매달려 있었다.

이어서 왜 좋은 식당이라고 생각했는지를 추가로 설명하고 왜 요리가 맛있다고 생각했는지도 보충했다.

- 음식은 기름지지 않고 담백했다.
- 향신료를 적절히 사용했다.

이어서 예문의 '대화도 탄력을 받아 즐거운 시간이었다'는 부분을 '어떻게 대화가 탄력을 받았는가?', '무슨 이야기를 했는가?'를 풀어 가며 이야기를 전개해 보자.

생맥주를 두 잔씩 마시고 사오싱주를 주문할 무렵 그는 긴장된 얼굴로 이렇게 말했다. "실은 나 결혼해." "뭐, 결혼? 상대는 대만 사람이야?"라고 묻자 뜻밖에도 "아니, 핀란드 사람이야"라고 했다. 그는 고지식한 스타일로 한 번도 여자 친구 이야기를 한 적이 없었다. 게다가 핀란드 사람이라니! 여자 친구는 대학 졸업 여행으로 핀란드에 갔을 때 만났다고 한다. 카페에서 일본어 교재를 펴고 공부하던 그녀에게 말을 건 것이 계기였다고 했다.

"그래서 말인데, 결혼식에 와 줬으면 해." 나는 고개를 끄덕였다. "당연히 가야지. 결혼식은 어디에서 할거야? 핀란드?" "아니, 여자 친구가 일본 신사에서 하고 싶대." "그렇군. 언제야?" "고마워…." 술을 많이 마신 탓인지, 결혼 얘기를 하고 긴장이 풀린 탓인지 그는 꾸벅꾸벅 졸기 시작했다.

마침내 '탄력 받은' 대화 내용이 드러났다.

- 핀란드 여성과 결혼할 예정이다.
- 대학 졸업여행으로 핀란드에 갔을 때 카페에서 만났다.
- 일본 신사에서 결혼식을 올리니 참석해 달라며 부탁했다.

친구의 순수하고 말수가 적은 성격도 묘사되었다. 예문에서 상당히 이야기가 확대되지 않았는가? 그럼 처음부터 연결해서 읽어 보자.

교정 →

"도쿄에 출장 가는데 오랜만에 밥이라도 먹자"라며 대학 시절 친구가 전화를 했다. 3년 전 대학을 졸업하며 무역상사에 입사한 그는 지금 대만에서 일하고 있다. 금요일 저녁에 만나기로 약속을 잡았다.

"뭐 먹고 싶어?"라고 묻자 친구는 "중식"이라고 대답했다. "대만 본고장에서 먹을 수 있는데 굳이 일본까지 와서 먹을 필요는 없지 않아?"라고 말하니 "아니, 오히려 하루에 한 끼라도 먹지 않으면 불안해"라고 했다. 그래서 신주쿠에 있는 싸고 맛있기로 유명한 식당을 예약했다.

예약한 식당은 붉은 벽돌 창고 같은 외관에 내부 천장에는 소시지와 상어지느러미가 매달려 있었다. 친구는 "대만보다 더 대만 같은 인테리어네!"라며 만족스러운 듯이 소시지, 공심채, 왕만두, 물만두 등을 차례차례 주문했다. 우선 생맥주로 건배하면서 목을 축였다. 대학 근처 저렴한 선술집에서 한잔하던 당시로 돌아간 것 같았다. 3년이라는 공백은 순식간에 사라졌다. 요리는 기름지지 않고 담백했다. 향신료를 적절히 사용해 질리지 않는 맛이었다.

생맥주를 두 잔씩 마시고 사오싱주를 주문할 무렵 그는 긴장된 얼굴로 이렇게 말했다. "실은 나 결혼해." "뭐, 결혼? 상대는 대만 사람이야?"라고 묻자 뜻밖에도 "아니, 핀란드 사람이야"라고 했다. 그는 고지식한 스타일로 한 번도 여자 친구 이야기를 한 적이 없었다. 게다가 핀란드 사람이라니! 여자 친구는 대학 졸업 여행으로 핀란드에 갔을 때 만났다고 한다. 카페에서 일본어 교재를 펴고 공부하던 그녀에게 말을 건 것이 계기였다고 했다.

"그래서 말인데, 결혼식에 와 줬으면 해." 나는 고개를 끄덕였다. "당연히 가야지. 결혼식은 어디에서 할거야? 핀란드?" "아니, 여자 친구가 일본 신사에서 하고 싶대." "그렇군. 언제야?" "고마워…" 술을 많이 마신 탓인지, 결혼 얘기를 하고 긴장이 풀린 탓인지 그는 꾸벅꾸벅 졸기 시작했다.

합쳐서 약 1천 자 정도의 글을 완성했다. '아니, 아무리 그래도 나는 이렇게 길게 쓸 자신이 없어'라며 여전히 겁이 날 수도 있다. 하지만 걱정할 필요 없다. 지금부터 우리가 흔히 사용하는 유형의 문장에 '왜/어째서'를 추가하는 방법을 본격적으로 다뤄 볼 것이다.

조금 긴 여정이 되겠지만 끝까지 따라와 주기를 바란다. 틀림없이 글을 잘 쓸 수 있는 힌트를 발견할 수 있을 것이다.

문장을 이어 가는
기본 원칙

글을 길게 쓰려고 의식한 나머지 하나의 문장에 여러 가지 내용을 넣거나 '~지만' 같은 이어 주는 말을 사용하는 경우가 많다. 하지만 글이 길어질수록 문장은 간결해야 한다. 이 장에서는 문장을 간결하게 쓰는 방법을 알아보자.

지금까지 '왜/어째서'라는 요소를 사용해 문장을 구체적으로 쓰는 법을 살펴보았다. 이제 다음 단계로 들어가기 전에 글쓰기의 주의 사항을 확인해 보자. 글을 쓸때 주로 빠지기 쉬운 함정을 짚어 보며 더 긴 글을 쓰기 위한 기초를 다지는 필수 과정이다.

○ 하나의 문장에는 한 가지 내용만!

"한 줄은 썼는데 다음 문장을 어떻게 이어야 할지 알 수 없다." 이런 고민에 빠진 사람이 우선 살펴봐야 할 것이 있다. "하나의 문장에 지나치게 많은 내용을 담지는 않았는가?"라는 문제다. 흔히 머릿속에서 생각하는 속도를 종이에 글을 쓰는(키보드를 두드리는) 속도가 따라가지 못하는 경우다. 여러 가지 생각이 겹쳐 머릿속은 엉망진창 뒤섞이고 무엇을 써야 할지 정리할 수 없거나 주어와 서술어가 맞지 않는 결과가 생긴다.

해결법은 있다. 하나의 문장에 하나의 내용만 쓰는 연습이다. 이것을 기본 철칙으로 삼도록 하자. 부족하거나 추가하고 싶은 요소는 다음 문장으로 넘긴다. 그렇게 문장과 문장을 하나씩 이어 가야 한다.

예문 ——

나는 어렸을 때 식물도감을 보면서 나물을 캐는 것을 굉장히 좋아했다. 쑥, 냉이, 파드득나물 등 먹을 수 있는 나물을 발견하면 캐서 엄마에게 가져가 반찬을 만들어 달라고 했고 엄마가 기뻐하는 모습을 보는 것이 좋았다.

첫 문장 '나는 어렸을 때 식물도감을 보면서 나물을 캐는 것을 굉장히 좋아했다'를 살펴보자.

- 어디에서 나물을 캤는가?

이 부분을 보충하면 더 구체적인 문장을 만들 수 있다. 두 번째 문장을 보자.

- 나물을 발견하면 엄마에게 가져가 반찬을 만들어 달라고 했다.
- 엄마가 기뻐하는 모습을 보는 것이 좋았다.

이 두 내용에는 '엄마'가 반복된다. 하나의 문장에 내용 두 개가 섞여 있는 것이다. 그래서 문장의 논지가 분명치 않다. 다음과 같이 바꾸어 보자.

나는 어렸을 때 근처 공원에 자주 놀러 갔다. 놀이기구도 따로 없는 넓은 공터 같은 곳이었다. 거기서 식물도감을 보면서 나물을 캐는 것을 굉장히 좋아했다. 쑥, 냉이, 파드득나물 등 먹을 수 있는 나물을 발견하면 캐서 집으로 가져갔다. 엄마는 늘 "고마워"라며 기뻐했다. 그리고 저녁 식사 때 나물 반찬을 만들어 주었다. 쌉싸래한 나물을 먹으면서 나는 조금 어른이 된 기분이 들었다.

첫 문장에 '어렸을 때 근처 공원에 자주 놀러 갔다', '놀이기구도 따로 없는 그냥 넓은 공터 같은 곳이었다'라는 내용을 추가해서 '어디에서 나물을 캤는가?'라는 궁금증에 답을 제시했다. 그러고 나니 '거기서 식물도감을 보면서 나물을 캐는 것을 굉장히 좋아했다'라는 다음 문장이 부드럽게 연결되었다. 이어서 '쑥, 냉이, 파드득나물 등 먹을 수 있는 나물을 발견하면 캐서 집으로 가져갔다'가 나오고, 나물을 가지고 돌아갔을 때 어머니의 반응으로 자연스럽게 이어진다. 그런 후 '쌉싸래한 나물을 먹으면서 나는 조금 어른이 된 기분이 들었다'라는 마지막 문장에서 나물 반찬을 먹었을 때의 기분을 설명했다. 하지만 글쓴이는 직접적으로 '나물이 쓰다'라고 표현하지 않았다. 나물은 대개 쓴 맛이 있어서 아이들 입맛에는 맞지 않는다. 그러나 엄마에게 도움이 되었다는 기쁨과 쌉싸래한 나물을 먹은 일이 복합적으로 합쳐져 '조금 어른이 된 기분이 들었다'라고 풀어 쓴 것이다.

이와 같이 하나의 문장을 쓰고 나서 이어지는 문장으로 보충해야 할 내용을 더해 가면 된다. 한 문장에 여러 가지 내용을 넣을 필요는 없다.

하나의 문장에는 한 가지 내용으로 충분하다. 부족하거나 더하고 싶은 내용은 다음 문장으로 넘겨 계속 글을 이어 가는 것이다. 또한 한 문장의 길이가 짧으면 주어와 서술어가 호응하는지 파악하기도 쉽다.

하나의 문장에는 한 가지 내용만!
보충해야 할 것은 다음 문장에 쓴다.

○ 같은 내용과 말을
　반복하지 않기

'하나의 문장에 한 가지 내용만 넣으면 문장이 짧고 이해하기 쉬워진다. 그리고 다음 문장에서 내용을 보충하면 된다'고 설명했다. 하지만 보충하다가 같은 내용을 반복해서 쓸 우려도 있으므로 주의해야 한다.

예문 ──

아이와 함께 연 만들기 교실에 참여했다. 완성된 연을 가지고 강가에 나가 연을 날렸다. 바람을 타고 20미터 이상 높이 날아올랐다. 아이보다 더 신나서 날렸다. 그 후 나는 연의 매력에 빠졌다. 전국 각지에서 열리는 연날리기 대회에 참여하다 보니 연날리기 친구도 생겼다.

위의 예문을 보면 각 문장은 짧으며 앞 문장을 보충하는 형태로 써 나간 것을 알 수 있다. 하지만 어딘가 부자연스럽다.

'완성된 연을 가지고 강가에 나가 연을 날렸다.'

'바람을 타고 20미터 이상 높이 날아올랐다.'

'아이보다 더 신나서 날렸다.'

세 문장은 각기 따로 보면 문제가 없다. 그러나 세 문장을 연결하면 말이 중복되어 어색해진다.

- (연을) 날렸다.
- (20미터 이상 높이) 날아올랐다.
- (신나서) 날렸다.

이처럼 '날렸다'는 표현을 반복적으로 쓰고 있기 때문이다.

또한 '완성된 연을 가지고 강가에 나가 연을 날렸다'는 한 문장에 '연'이란 단어가 두 번이나 들어간다. '완성된 연을 가지고 강가에 나가'라는 시점에서 당연히 연을 날리기 위한 목적임을 알 수 있다. 만일 연을 날리기 위해서가 아니라면 강가에 나간 진짜 이유를 써 줘야 한다.

이어지는 문장에서는 '연은 바람을 타고 20미터 이상 높이 날았다'라고 연을 주어로 써서 연 날리는 모습을 보충 설명해 주는 게 좋다. 그리고 '아이보다 더 신나서 날렸다'는 부분을 좀 더 구체적으로 표현하면 당시의 상황이 명확히 그려진다. 전반부를 다시 써 보자.

완성된 연을 가지고 강가에 갔다. 연은 바람을 타고 20미터 이상 높이 날았다. 아이는 제쳐 두고 내가 더 신나서 연을 날렸다.

이러면 중복되지 않고 깔끔하지 않은가? 후반부도 살펴보자.

'그 후 나는 연의 매력에 빠졌다.'
이 표현 자체는 나쁘지 않다. 하지만 연에 빠진 시점

이 확실하지 않다.

- 이미 연의 매력에 빠져 있었는가?
- 그때를 계기로 연의 매력에 빠졌는가?

오해가 없도록 풀어 쓰도록 한다. 또한 마지막의 '전국 각지에서 열리는 연날리기 대회에 참여하다 보니 연날리기 친구도 생겼다'도 문장 자체로는 자연스럽다. 그러나 바로 앞의 문장 '연의 매력에 빠졌다'와 연결하려면 다음과 같이 해야 흐름이 자연스럽다.

- 연의 매력에 빠져 연날리기 대회에 참가하기 시작했다. 그 결과 친구도 생겼다.

이러한 점을 고려해서 다시 써 보자.

교정 ⟶

아이와 함께 연 만들기 교실에 참여했다. 완성된 연을 가지고 강가에 갔다. 연은 바람을 타고 20미터 이상 높이 날았다. 아이는 제쳐 두고 내가 더 신나서 연을 날렸다. 이를 계기로 연의 매력에 빠진 나는 전국 각지에서 열리는 연날리기 대회에 참가하기 시작했다. 그리고 연날리기 친구도 많이 알게 되었다.

글의 길이는 크게 변하지 않았다. 하지만 정보량은 늘어나서 전개가 답답하지 않다. 문장을 짧게 연결하는 것은 비슷한 내용을 반복하는 것과는 다르다. 부족한 내용을 추가하면서 이어 가야 한다는 점을 잊지 말아야 한다.

point

같은 내용의 문장을 반복해서 쓰지 않는다.

○ 열거할 때는 '형태'를 맞춘다

흔히 볼 수 있는 표현으로 '열거하기'가 있다. 고향 풍경을 묘사한 다음의 예문을 살펴보자.

예문 ──

저녁노을이 지는 하늘, 작은 설악산이라 불리는 웅장한 산세, 금빛으로 물든 논, 고추잠자리가 날아다니는 고향 풍경이 지금도 눈에 선하다.

저녁노을이 지는 하늘, 작은 설악산, 금빛으로 물든 논, 고추잠자리라는 네 요소를 열거해서 고향 풍경을 묘사했다.

저녁노을이 지는 하늘이나 금빛으로 물든 논은 '하늘'과 '논'을 저녁노을과 금빛이라는 표현으로 꾸며 준 것이다. 반면 다른 두 가지, 작은 설악산이라 불리는 웅장한 산세와 고추잠자리가 날아다니는 고향 풍경에서 핵심 단어는 '웅장한 산세'와 '풍경'이다. 작은 설악산과 고추잠자리가 꾸밈말 기능을 하고 있으나 형태를 맞추려면 사실 '웅장한 산세의 작은 설악산', '날아다니는 고추잠자리'와 같이 바꿔 주어야 한다. 특히 '고추잠자리가 날아다니는 고향 풍경이 지금도 눈에 선하다'라는 마지막 문장은 앞의 세 가지 풍경과 잘 연결되지 않는다.

교정 ──

저녁노을이 지는 하늘, 웅장한 산세를 자랑하는 소설악산, 금빛으로 물든 논, 날아다니는 고추잠자리…고향 풍경이 지금도 눈에 선하다.

이렇게 모두 '꾸밈말+핵심 단어'의 형태로 통일시켰다. 그리고 '날아다니는 고추잠자리…'라고 여운을 남기고 일부러 서술어를 쓰지 않았다. 열거한 요소는 모두 '고향 풍경'에 포함되며 하나로 묶여 '지금도 눈에 선하다'라는 서술어와 연결된다.

단어를 열거할 때는 같은 형태로 통일한다.

○ 연결어는 되도록 사용하지 않는다

다시 강조하면 하나의 문장에 여러 요소를 담기보다 한 가지 내용에 집중하는 편이 좋다. 특히 연결어 '~(이) 지만'을 사용해 문장을 잇다 보면 저도 모르게 문장이 길게 늘어진다. 그러므로 의식적으로라도 연결어를 쓰지 않도록 노력해야 한다.

몇 가지 예를 살펴보자.

예문 —

① 단독 주택에 이사한 것을 계기로 개를 기르기 시작했지만, 매일 산책시키는 것이 힘들다.

② 단독 주택에 이사한 것을 계기로 개를 기르기 시작했

지만,사랑스런 행동이 말할 수 없이 귀엽다.

①에서 '개를 기르기 시작했다'는 긍정적인 내용이다. 하지만 '매일 산책시키는 것이 힘들다'는 부정적인 내용이다. 이처럼 상반되는 두 문장을 연결할 때는 역접의 의미를 지닌 접속사 '하지만', '그러나' 등을 사용한다. 따라서 예문 ①의 '지만'은 올바른 사용법이다.

그러나 ②는 '개를 기르기 시작했다'는 사실과 '행동이 말할 수 없이 귀엽다'는 것은 둘 다 긍정적인 내용이다. 즉 여기에서 '~지만'은 역접의 접속사가 아니라 앞의 내용을 뒷문장과 이어 주는 역할을 하고 있다.

①과 ②의 '개를 기르기 시작했지만'의 '~지만'을 '그렇지만'으로 교체해 보자.

예문 ⟶

①단독 주택에 이사한 것을 계기로 개를 기르기 시작했다.그렇지만 매일 산책시키는 것이 힘들다.

②단독 주택에 살게 된 것을 계기로 개를 기르기 시작했

다.그렇지만 사랑스런 행동이 말할 수 없이 귀엽다.

①은 의미가 통하지만 ②는 통하지 않는다.

이럴 때는 문장을 짧게 두 개로 나누면 문장도 길어지지 않고 뜻도 확실해진다. ② 문장을 다음과 같이 두 개로 나눠 보자.

교정 ⟶

②단독 주택에 살게 된 것을 계기로 개를 기르기 시작했다.사랑스런 행동이 말할 수 없이 귀엽다.

비슷한 예를 하나 더 보자.

예문 ⟶

정원에 매화나무를 심었는데 올해도 아름답게 피었다.

연결어 '~는데'는 문장을 장황하게 만들 뿐 별다른 뜻이 없다. 그럴 땐 두 문장으로 나누는 편이 낫다.

교정 1 ⟶

정원에 매화나무를 심었다. 올해도 아름답게 피었다.

이 문장이 좀 부자연스럽게 느껴진다면 다음과 같이 정리하면 깔끔하다.

교정 2 ⟶

정원의 매화나무가 올해도 아름답게 꽃을 피웠다.

"회의할 안건 말인데 오늘 중에 결론을 내 주세요."

이 문장에서 '~는데'는 그 자체에 별다른 뜻은 없으며 말을 시작하는 역할을 할 뿐이다. "오늘 중에 회의에서 결론을 내 주세요"라고 간결하게 줄일 수 있다.

"감기에 걸렸는데, 밤샘 작업이 원인인 것 같은데, 이제 몸은 상당히 좋아졌다."

이 문장의 '~는데'도 문장을 장황하게 만드는 연결어일 뿐이다. "밤샘 작업을 해서 감기에 걸렸다. 그러나

이제 몸은 상당히 좋아졌다"라고 간결한 문장으로 정
리할 수 있다.

연결어 '~는데'를 써서 문장을 장황하게 만들기보다
두 개로 나누는 편이 좋다.

지금까지 배운 글쓰기의 가장 기본적인 요소를 정리
하면 다음과 같다.

1. 육하원칙의 '왜/어째서'를 의식하며 쓴다.

2. 전하는 내용을 독자가 머릿속에서 그릴 수 있도록 구체적
   으로 쓴다.

3. 글쓴이가 알고 있는 걸 독자도 알고 있다고 착각하지 않는다.

4. 감정은 기존의 경험과 비교해 '왜/어째서' 좋은지/나쁜지
   를 설명하여 표현한다.

5. 하나의 문장에는 한 가지 내용만 간결하게 쓴다. 부족하거

나 추가하고 싶은 내용은 다음 문장에서 보충한다.

다음 장부터는 이 다섯 가지 요소를 바탕으로 더 구체적으로 글을 써 보자.

2장

왜 생각대로 쓰지 못할까?

원하는 대로 써지지 않는 데는 이유가 있다

단번에 글을 세련되게 쓰기는 결코 쉬운 일이 아니다. 어려운 단어를 쓸 필요는 없다. 우선 쉬운 말로 간결한 문장을 만들어 한 줄씩 이어 가면 된다. 상대에게 이야기하듯이 구체적으로 설명하는 것이다.

글쓰기 초심자는 종종 자신이 생각하는 것, 알고 있는 것을 제3자도 알고 있으리라 착각한다. 그래서 꼭 해야 할 설명을 생략해 버리곤 한다. 하지만 생략한 설명 속에 '왜/어째서'가 감춰져 있는 경우가 많다. 글을 잘 쓰지 못하는 이유가 여기에 있다.

○ 내 이야기도 두 줄 이상
쓰지 못하겠어요

취업 준비를 하며 자기소개서를 쓸 때는 읽는 사람이
이해할 수 있도록 쉽고 간결하게 쓰는 것이 중요하다.
고용주는 지원자가 어떤 사람인지 알지 못한다. 오로지
자기소개서를 보며 그 사람을 상상하기 때문에 최대한
꼼꼼하게 자신을 설명할 필요가 있다.

예문 ──

저는 대학에서 사뮈엘 베케트를 연구했습니다.
방송연구회라는 동아리에서 활동하고 있습니다.

'대학을 다니며 공부한 것, 학업 이외의 활동'을 적는
항목에 쓴 글이다. 하지만 이런 자기소개서로는 서류
전형을 통과하기 힘들다. 연극이나 문학에 관심이 많
은 사람이 아니고서는 '사뮈엘 베케트'라는 이름을 듣
고 그가 어떤 사람인지 알 리 없다. 무엇을 주제로 연구
했는지도 적혀 있지 않다. 나아가 방송연구회에서 어떤

활동을 하고 있는지 구체적인 활동 상황도 파악할 수 없다. 지원자가 어떤 인물인지 기업의 채용 담당자가 상상할 수 없다는 말이다. 당연히 지원자에게 흥미를 느낄 수 없을 것이다. 자신에게 당연한 일이라고 제3자에게도 그러리라는 법은 없다. 정말 그것이 당연한 일인지 객관적으로 적어 보자.

교정 1 ⟶

저는 대학에서 연극을 전공하며 아일랜드 출신의 소설가이자 극작가인 사뮈엘 베케트를 연구했습니다. 베케트는 1969년에 노벨문학상을 받았으며 대표작은 부조리극 『고도를 기다리며』입니다. 저는 그 작품을 중심으로 '연극에서의 웃음'을 주제로 졸업 논문을 준비하고 있습니다.

또한 방송연구회 동아리에서 활동하며 라디오 드라마의 각본을 쓰고 있습니다. 최근에는 대학 근처의 작은 라디오 방송국에서 실제 방송을 시작했습니다.

베케트가 어떤 사람인지 간단히 소개하고 연구 주제를 설명했다. 이어서 어떤 동아리에서 무엇을 하고 있는지를 덧붙였다. '라디오 드라마의 각본을 쓰고 작은 라디오 방송국에서 실제 방송을 시작했다'라는 내용이다.

여기까지가 2백 자가 조금 넘는다. 자기소개서에는 항목당 통상 2백~5백 자 정도를 쓴다. 글자 수에 여유가 있다면 '왜'라는 요소를 추가한다.

- 왜 베케트에 흥미를 갖게 되었는가?
- 왜 방송연구회에 들어갔는가?

이런 내용을 덧붙여 보자.

교정 2 ⟶

저는 대학에서 연극을 전공하며 아일랜드 출신의 소설가이자 극작가인 사뮈엘 베케트를 연구했습니다. 베케트는 1969년에 노벨문학상을 받았으며 대표작은 부조리극『고도를 기다리며』입니다. 앞뒤로 연결되는 맥락도, 대사도 거의 없는 희곡이지만 실제 무대를 본 관객은 웃음을 터뜨립니다. 그리스 비극이나 셰익스피어의 희곡은 대사에 중점을 둡니다. 하지만 베케트는 대사를 극단적으로 줄여서 무대 위의 연기와 움직임의 새로운 가능성을 보여 줬다는 점이 흥미로웠습니다. 그래서 저는 『고도를 기다리며』를 중심으로 '연극에서의 웃음'을 주제로 졸업 논문을 준비하고 있습니다.

또한 방송연구회 동아리에서 활동하며 라디오 드라마의 각본을 쓰고 있습니다. 고등학생 때 수험 공부를 하며 틈틈이 듣던 심야 방송에 짧은 콩트를 보내 몇 번 채택된 것이 계기가 되었습니다. 최근에는 대학 근처의 작은 라디오 방송국에서 실제 방송을 시작했습니다.

이러한 자기소개서라면 채용 담당자는 지원자에게 관심이 생겨 질문을 할지도 모른다.

자기소개서뿐 아니라 다른 종류의 글도 읽는 사람이 '왜/어째서'라고 궁금해 할 질문에 대답한다는 관점에서 써야 한다. 자기소개서라면 채용 담당자, 다른 글에

서는 독자가 할 만한 질문을 미리 앞질러 설명하는 것
이다. 자신의 경험은 자기 이외의 다른 사람은 알 수 없
기 때문이다.

point

내게 당연하다고 제3자에게도 당연한 것은 아니다.
다른 사람은 자신과 똑같은
경험을 하지 않았다는 사실을 기억하자.

○ 무엇을 가장
전하고 싶은가?

다음의 예문은 어느 사진가가 자신의 작품과 콘셉트 등
을 소개하기 위해 쓴 작가 노트다.

예문 ——

• 주로 흑백 필름으로 촬영했다. 흑백은 음과 양, 슬픔과
기쁨, 마이너스와 플러스 등 이 세상의 모든 법칙을 나

타내며 불필요한 정보가 없는 만큼 상상력을 자극한다.

- 사진을 찍음으로써 세상과 소통한다.
- 사람은 스스로의 욕심을 좇아 자연을 파괴하고 남을 상처 입히며 전쟁을 계속한다.
- 더럽고 슬픔이 많은 이 세상에 왜 사람은 태어나고 살아가는가?
- 모든 살아 있는 것에는 끝이 있다. 끝을 향해 살아가는 의미는 무엇인가?
- 그런 질문을 던지고 해답을 찾기 위해 계속 사진을 찍고 있다.

사진을 대하는 글쓴이의 마음가짐을 이해할 수 있다. 그러나 전체적으로 관념적인 단어만 늘어놓아 전하려는 말이 가슴에 와닿지 않는다.

'흑백은 음과 양, 슬픔과 기쁨, 마이너스와 플러스 등이 세상의 모든 법칙을 나타내며 불필요한 정보가 없는 만큼 상상력을 자극한다'는 문장을 보자. 세상의 모든 법칙을 이분법으로 보는 것은 너무 단순화된 시각이다.

흑백 사진의 명암 또한 다양한 계조로 이루어져 있어 이분법의 논리로 보기에는 무리가 따른다. 나아가 '사람은 욕심을 좇아…' 이하로는 이야기가 너무 확대되어 수습하기 어려운 지경이다.

예문은 이미지를 조목별로 정리한 메모장에 지나지 않는다. 제대로 된 글로 만들려면 좀 더 공을 들여야 한다. 쓰고 싶은 것, 써야 할 것을 조목별로 정리하는 방법이 틀린 것은 아니다. 이 메모를 바탕으로 구상하고 상상을 부풀려서 글로 완성하면 된다.

사실 이러한 메모 속에는 자신이 쓰고자 하는 글의 주제가 숨어 있다. 사진가의 노트에서 가장 하고 싶은 말은 무엇일까? 예문 가운데 '불필요한 정보가 없는 만큼 상상력을 자극한다'는 문장이 있다. 이것이 바로 그가 흑백 사진을 계속 찍는 이유다. 자기 생각을 정리하는 데 있어 메모는 큰 효과가 있다. 이 주제를 바탕으로 메모를 다시 적어 보자.

- 눈에 보이는 모든 것은 색을 가지고 있다.
- 색에는 그 색이 지닌 메시지가 있다. 붉은색은 정열, 파란색은 냉정을 의미한다. 그래서 '따뜻한 색'과 '차가운 색'이라는 표현도 있다.
- 흑백 사진은 빨갛고 파랗고 노란 모든 색을 흰색과 검은색으로 보여 준다.
- 따라서 흑백 사진에는 색이 지닌 메시지가 없다.
- 색이 지닌 메시지에서 자유로워져 사진을 보는 관객의 감각으로 색을 상상할 수 있다.

여기에서 읽는 사람은 몇 가지 의문을 갖게 된다. 즉 '왜/어째서 흑백 사진을 고집하는가?', '왜 흑백 사진에 불필요한 정보가 없는가?', '왜 흑백 사진은 보는 사람의 상상력을 자극하는가?'라는 질문의 답을 제시해야 한다. 관념적인 단어가 아니라 최대한 구체적인 사례로써 답해야 한다.

- 눈에 보이는 모든 것은 색을 가지고 있다.

- 색에는 그 색이 지닌 메시지가 있다. 붉은색은 정열, 파란색은 냉정을 의미한다. 그래서 '따뜻한 색'과 '차가운 색'이라는 표현도 있다.

이 주제부터 적어 본다.

우리가 보는 세상은 다양한 색채로 넘쳐 난다. 그리고 우리는 각 색채에 무의식적으로 새겨진 메시지를 받아들인다. 붉은색은 정열, 녹색은 평화, 파란색은 냉정…. 무채색인 흰색과 검정색에도 그 색이 가진 의미가 있을 것이다.

다음 문장을 이어 가 보자.

- 흑백 사진은 빨갛고 파랗고 노란 모든 색을 흰색과 검은색으로 보여 준다.

이 주제에는 다음과 같이 문장을 추가한다.

하지만 흑과 백의 명암으로만 표현되는 흑백 사진은 색 자체가 지닌 메시지에서 자유롭다. 그 어떤 색도 흑과 백의 명암으로 묘사되기 때문이다.

여기에 '불필요한 정보가 없는 만큼 상상력을 자극한다'라는 핵심 주제에 해당하는 내용을 추가한다.

- 따라서 흑백 사진에는 색이 지닌 메시지가 없다
- 색이 지닌 메시지에서 자유로워져 사진을 보는 관객의 감각으로 색을 상상할 수 있다.

흑백 사진에서는 색이 색으로 존재하는 것이 아니라 개인의 기억과 연관되어 존재한다. 그러므로 흑백 사진은 보는 사람의 기억을 환기시키고 새로운 상상을 펼치게 하며 개인의 세계를 창조하는 힘을 지니고 있다. 거기에는 색을 뛰어넘는 색이 존재하고, 메시지를 뛰어넘는 메시지가 존재한다. 나는 이러한 흑백 사진의 가능성을 믿고 계속 셔터를 누르고 있다.

이와 같이 메모에 살을 붙여 보았다. 처음부터 이어서 읽어 보자.

교정 ⟶

우리가 보는 세상은 다양한 색채로 넘쳐 난다. 그리고 우리는 각 색채에 무의식적으로 새겨진 메시지를 받아들인다. 붉은색은 정열, 녹색은 평화, 파란색은 냉정…. 무채색인 흰색과 검정색에도 그 색이 가진 의미가 있을 것이다.

하지만 흑과 백의 명암으로만 표현되는 흑백 사진은 색 자체가 지닌 메시지에서 자유롭다. 그 어떤 색도 흑과 백의 명암으로 묘사되기 때문이다.

흑백 사진에서는 색이 색으로 존재하는 것이 아니라 개인의 기억과 연관되어 존재한다. 그러므로 흑백 사진은 보는 사람의 기억을 환기시키고 새로운 상상을 펼치게 하며 개인의 세계를 창조하는 힘을 지니고 있다. 거기에는 색을 뛰어넘는 색이 존재하고, 메시지를 뛰어넘는 메시지가 존재한다. 나는 이러한 흑백 사진의 가능성을 믿고 계속 셔터를 누르고 있다.

여전히 관념적인 부분이 남아 있다. 하지만 첫 단락에서 색채가 가득한 세상에는 무의식적으로 색에 메시지가 담겨 있다고 설명했다. 다음 단락에서 흑백 사진은 그런 메시지에서 자유로워질 수 있음을 말하고 이어서 흑백 사진의 가능성을 전개했다. 모든 색채가 흑백의 명암으로 표현되므로 색 자체의 메시지는 사라진다. 그리고 색은 개인의 기억과 연관되어 색을 뛰어넘는 색으로서 존재한다는 지론을 펴 나갔다. 흑백 사진이기 때문에 색이 가진 불필요한 정보가 없다. 따라서 흑백 사진은 보는 사람의 기억을 환기시키고 새로운 상상을 펼치게 한다는 이야기다. 작가의 주장이 옳은지 그른지를 떠나서 처음에 적은 메모보다는 훨씬 이해하기 쉬워지지 않았는가?

point

가장 전하고 싶은 내용을 조목조목 메모해 보면
글쓰기가 수월해진다.

○ 친근한 예시를
사용하기

자기소개서를 쓸 때 나도 모르게 어려운 말을 사용해서 관념적인 글이 되곤 한다. 또 추상적인 주제는 더욱 어떻게 써야 할지 알 수가 없다. 그럴 때는 친근한 화제나 경험부터 쓰기 시작하는 것이 좋다.

예문 ──

세상에서 교육이 해야 할 역할이 큽니다. 교육 문제로 고민하는 고객과 함께 생각하고 해결책을 찾아 성장해 나가고 싶습니다.

교육 업계 기업에 취업하고자 하는 지원자의 입사 지원 동기다. 어디선가 많이 들어 본 말을 늘어놓았는데 무엇을 전하고 싶은지 분명하지 않다. '교육 문제로 고민하는 고객과 함께 생각하고 해결책을 찾아'라는 부분을 보자. 이것만으로는 구체적인 이미지가 떠오르지 않는다. 어려운 말을 쓰지 말고 과거에 '고민을 함께 생각하고 해결책을 찾은' 경험이 있다면 그것을 제시해 보면 어떨까? 예를 들면 다음과 같은 일화를 적어 본다.

- 대학 시절 동아리에서 개발도상국의 교육 프로그램을 연구했다.
- 실제로 B국에 가서 현지 초등학교를 시찰하고 학생들의 의견을 들었다.
- 학생들은 선생님의 이야기를 듣기만 하는 수업 방식에 불만을 갖고 있었다.
- 그래서 체험형 과학 실험을 제안했고 관련 기관에 연락을 취해 실현해 보았다.

교정 ──

대학 시절, 저는 개발도상국의 교육 프로그램을 돕는 자원봉사 동아리에서 활동했습니다. 직접 B국에 가서 초등학교를 시찰하고 교사와 학생의 의견을 들어 보니, 학생들이 교사의 이야기를 듣기만 하는 수업에 불만을 갖고 있었습니다. 그래서 학생이 직접 체험하며 배우는 과학 실험을 수업에 도입할 것을 제안했습니다. 그러나 현실적으로 허술한 기자재와 실험 내용에 제약이 많았습니다. 그래서 교육 관련 NPO 법인에 요청해 기자재와 교재를 보급 받아 과학 실험을 실행할 수 있었습니다. 이러한 경험으로 저는 아이들이 즐겁게 공부할 수 있는 환경을 조성해 나가는 일을 하고 싶다는 생각을 하게 되어 이 회사에 지원했습니다.

이처럼 대학 시절의 자원봉사 활동과 그 경험을 바탕으로 한 장래희망을 써 주면 채용 담당자가 입사 지원 동기를 쉽게 이해할 수 있다.

'교육' 같은 사회적인 주제나 추상적인 화제는 아무래도 관념론으로 끝나기 쉽다. 신문 사설을 옮겨 놓은 듯한 글을 읽는 것처럼 낯간지러운 일은 없다. 사회와 경제 관련 문제는 반드시 일상생활에 영향을 미친다. 원화가 내려가면 수입 상품의 가격이 올라가고 해외에서 쇼핑할 때도 돈이 더 든다. 사회와 경제 문제를 다룰 때는 친근한 화제로 바꿔서 생각하면 훨씬 수월하게 글을 쓸 수 있다.

예를 하나 더 살펴보자. 입사 시험에 '원화 절하'를 주제로 서술하라는 문제가 나오면 무척 당황스럽다. 첫 줄을 다음과 같이 써 버리면 더 이상 이어 갈 말이 없다.

예문 ──→

원화 절하로 수입품의 가격은 상승하고 수출 기업은 이득을 보고 있다.

수입품 가격이 오르고 있다는 것은 구체적으로 어떤 의미일까? 또한 수출 기업이 이득을 보고 있다면 언제와 비교해서 하는 말일까? 객관적인 수치가 필요하다. 일반적인 사실을 적은 문장으로는 더 이상의 논지를 전개하기 어렵다. 그럴수록 주변의 친근한 화제를 활용하여 구체적으로 풀어 쓴다. 우선 생활에 밀접한 화제를 선택한다.

단골 마트가 평소보다 혼잡했다. 우유를 사려 했는데 이미 다 팔려 매진된 상태였다.

마트의 풍경이 평상시와 조금 달랐던 점을 썼다. 평소보다 혼잡하고 우유가 품절되었다. 그 이유는 무엇일까?

직원에게 물어 보니, 내일부터 유제품의 가격이 올라서 사재기를 하려는 손님들이 쇄도한다고 했다.

- 다음 날부터 유제품 가격이 상승한다.
- 사재기를 위해 손님이 쇄도했다.

우유가 품절된 상황을 설명했다. 그럼 왜 우유 가격이 오르는지를 알아보자.

목장에서는 젖소의 사료를 대부분 수입하는데 원화 절하의 영향으로 사료값이 올라 버렸다. 자세히 보니 버터와 치즈도 거의 동이 났다.

- 젖소의 사료는 대부분 수입한다.
- 원화 절하로 사료값이 인상되었다.
- 우유뿐 아니라 다른 유제품도 품절되었다.

유제품을 예로 들어 원화 절하의 영향을 구체적으로 적었다. '수입품 가격이 인상되었다'라고 쓰는 것보다 상황을 파악하기가 훨씬 쉽다. 이어서 원화 절하로 혜택을 보는 외국 관광객의 모습을 기술한다.

뉴스에서 춘절을 맞이해 수많은 중국 관광객이 우리나라를 방문했고 가전제품을 대량으로 구입하는 등 싹쓸이 쇼핑을 하고 있다는 소식을 보도했다. 춘절은 중국의 설날이다. 아마 명절 기분도 일조했을 것이다. 더구나 중국의 고도성장, 원화 절하, 면세 품목 확대 등의 영향도 있어서 가전제품 매장에서는 한국어보다 중국어를 더 많이 들을 수 있었다. 동대문의 카페는 대량의 짐 보따리를 들고 휴식을 취하는 중국인 관광객으로 북새통을 이루었다.

- 춘절을 맞이해 중국 관광객이 가전제품을 싹쓸이 쇼핑하고 있다.
- 춘절의 명절 기분도 일조했다.
- 원화 절하와 면세 품목의 확대가 영향을 주었다.
- 가전제품 매장에서 한국어보다 중국어가 더 많이 들렸다.
- 카페도 대량의 짐 보따리를 든 중국인 관광객으로 북새통을 이루었다.

가전제품 매장의 상황뿐 아니라 동대문의 카페에서 중국인 관광객이 대량의 짐을 들고 휴식을 취하는 모습을 소개하여 현실성을 더했다. 얼핏 원화 절하와 상관없는 일처럼 보이지만 글쓴이의 관점이 잘 드러난다. 그리고 끝으로 원화 절하 효과를 정리하며 마무리한다.

원화 절하로 인한 효과의 공통분모는 '사재기'다. 중국인 관광객은 그렇게 많은 짐을 어떻게 들고 돌아갈까? 그리고 우유를 사재기하면서 우유가 상할지도 모른다는 생각은 하지 않는 것일까?

자, 그럼 전체적으로 연결해서 읽어 보자.

교정 ──▶

단골 마트가 평소보다 혼잡했다. 우유를 사려 했는데 이미 다 팔려 매진된 상태였다. 직원에게 물어 보니, 내일부터 유제품의 가격이 올라서 사재기를 하려는 손님들이 쇄도한다고 했다. 목장에서는 젖소의 사료를 대부분 수입하는데 원화 절하의 영향으로 사료값이 올라 버렸다. 자세히 보니 버터와 치즈도 거의 동이 났다.

　뉴스에서 춘절을 맞이해 수많은 중국 관광객이 우리나라를 방문했고 가전제품을 대량으로 구입하는 등 싹쓸이 쇼핑을 하고 있다는 소식을 보도했다. 춘절은 중국의 설날이다. 아마 명절 기분도 일조했을 것이다. 더구나 중국의 고도성장, 원화 절하, 면세 품목 확대 등의 영향도 있어서 가전제품 매장에서는 한국어보다 중국어를 더 많이 들을 수 있었다. 동대문의 카페는 대량의 짐 보따리를 들고 휴식을 취하는 중국인 관광객으로 북새통을 이루었다.

원화 절하로 인한 효과의 공통분모는 '사재기'다. 중국인 관광객은 그렇게 많은 짐을 어떻게 들고 돌아갈까? 그리고 우유를 사재기하면서 우유가 상할지도 모른다는 생각은 하지 않는 것일까?

마트에 유제품이 매진된 상황과 중국인 관광객이 싹쓸이 쇼핑을 하는 모습을 원화 절하와 연관시켜서 다시 써 보았다.

'수입품의 가격이 인상하고 있다'라고 쓰기보다 '가격이 오르기 전날 마트에서 우유 사재기가 벌어졌다'라고 쓰는 편이 현실적으로 와닿는다. 이어서 경기가 좋은 중국 관광객이 춘절을 맞아 한국의 가전제품을 싹쓸이 쇼핑하는 모습도 마트의 상황과 대비시킨다. 유제품 가격 인상 때문에 우유를 사재기하는 한국인, 가전제품을 싹쓸이 쇼핑하는 중국인. 두 상황에서 '사재기'라는 흥미로운 공통점을 찾아내어 마무리했다.

이처럼 실질적인 사례를 하나하나 이어 가면 막힘없이 글을 쓸 수 있다.

point

사회적, 추상적인 주제일수록
실생활에서 예를 찾는다.

구체적인 이미지가
떠오르도록 쓴다

'넓다', '좁다', '새롭다', '오래되다'라는 말로는 어느 정도인지 예측하기 어렵다. 수치, 자료 등의 데이터를 추가하면 이해하기 쉽고 정보량도 늘어난다. 더 구체적이고 객관적으로 글을 쓰는 방법을 알아보자.

'공원 면적은 12만 제곱미터다'라고 하면 그 크기가 어느 정도인지 바로 와닿지 않는다. 이럴 때는 가늠에 도움이 될 만한 내용으로 보충해 주면 좋다. 예를 들어 잠실야구장 부지가 약 6만 제곱미터인 것을 활용해서 "공원 면적은 12만 제곱미터로 잠실야구장 두 개를 합친 크기다"라고 쓰면 훨씬 연상하기 쉽다. 읽는 사람의 이해를 돕기 위한 장치를 잘 활용해 보자.

한편 데이터를 적절히 사용하면 독자의 이해를 도울 수 있지만 숫자만 나열된 계산서 같은 글은 오히려 역효과를 부른다. 데이터는 상황에 따라 유연하게 활용해야 한다. 다음의 예를 살펴보자.

예문 ⟶

집 근처 공원에 산책을 하러 갔다. 그곳에는 벚나무가 많이 심겨 있다.

- '집 근처'는 얼마나 가까운 거리인가?
- '많은 벚나무'는 몇 가지 종류, 몇 그루를 말하는가?

이렇게 애매한 요소로 인해 독자는 막연한 이미지밖에 떠올리지 못한다. '집 근처'는 걸어서 얼마나 시간이 걸리는 곳인가? '많은 벚나무'란 나무의 개수를 말하는가 아니면 벚꽃의 종류를 의미하는 것인가? 좀 더 설명을 덧붙여 주면 훨씬 이해하기 쉬운 문장이 된다.

교정 1 ━━▶

집에서 걸어서 10분 거리 공원에 산책을 하러 갔다. 공원
에는 52종의 벚나무 약 1,800그루가 심겨 있다.

• 걸어서 10분이면 갈 수 있는 공원이 있다.

• 52종의 벚나무 약 1,800그루가 심겨 있다.

두 가지 내용을 첨가했다. 처음 문장보다 구체적이 되
었다. 10분 거리가 가까운지 먼지, 52종의 벚나무 1,800
그루가 많은 것인지 아닌지의 판단은 읽는 사람에게 맡
기면 된다.

다음의 요소를 추가해 보자.

• 공원의 넓이

• 산책하러 나간 이유

• 52종이나 되는 벚꽃의 대표적인 품종

집에서 걸어서 10분 정도 떨어진 곳에 시립 공원이 있다. 봄볕의 유혹에 못 이겨 산책을 하러 갔다. 77헥타르의 공원에는 왕벚나무와 산벚나무 등 52종의 벚나무 약 1,800그루가 심겨 있다.

- 공원은 집에서 걸어서 10분 거리이며 77헥타르의 크기다.
- 봄볕의 유혹에 못 이겨 산책을 나갔다.
- 공원에 심긴 벚나무는 왕벚나무와 산벚나무 등 52종, 약 1,800그루다.

　처음 예문에 비해 구체적인 요소가 늘었다. 편의상 '시립 공원'이라고 했지만 '안산공원'이나 '일산 호수공원'처럼 특정 명칭을 넣어도 좋다.

　자세한 정보를 얼마나 넣어야 할지는 글쓴이가 판단한다. 하지만 데이터가 너무 많아서 읽기 어려운 글보다는 정보가 적어서 이미지가 떠오르지 않는 경우가 더 많다. 그러므로 최대한 많은 데이터를 넣는 연습을 하는 게 좋다.

짧은 글밖에 쓰지 못한다거나 글을 이해하기 쉽게 쓰지 못하겠다는 사람은 대개 세세한 정보를 소홀히 하는 경우가 많다. 그러면 결과적으로 글이 애매모호해진다. '이해하기 쉬운 글'의 핵심은 글쓴이가 생각한 이미지가 읽는 사람에게 얼마나 잘 전달되는지에 있다.

point

데이터를 잘 활용하면 이미지를 떠올리기 쉽다.

○ 보고서에 데이터 활용하기

보고서를 써야 하는데 방향이 안 잡혀 답답해진 경험을 해 봤을 것이다. 방대한 데이터를 앞에 놓고 무엇을 어떻게 쓰면 좋을지 몰라 곤란한 적은 없었는가? 일본의 신문 구독 상황을 조사한 데이터가 있다고 가정하자. 이를 바탕으로 어떻게 보고서를 쓰면 좋을지 연습해 보자.

- **조석간 총 발행 부수**

  1997년: 5,377만 부(최다 부수)

  2010년: 4,932만 부(최초로 5천만 부 이하로 내려감)

  2014년: 4,536만 부

- **지면 광고비**

  2005년: 1조 337억 엔

  2014년: 6,057억 엔

- **인터넷 광고비**

  2005년: 3,777억 엔

  2014년: 1조 519억 엔

일본 전국의 신문 발행 부수와 광고비 데이터다. '조석간 총 발행 부수'는 조간과 석간을 둘 다 구독하는 경우의 발행 부수를 말한다. 광고비는 신문과 인터넷으로 구분하여 기재되어 있다. 여기서는 편의상 데이터의 출처는 기록하지 않겠다.

예문 ⎯

일본의 신문 발행 부수는 1997년에 5,377만 부로 가장 많았다. 2010년에는 4,932만 부로 줄었다. 지면 광고비는 2005년에 1조 엔을 넘었으나 2014년에는 약 6천억 엔으로 감소했다. 한편 인터넷 광고비는 2005년에는 4천억 엔 정도였지만, 2014년에는 1조억 엔을 넘어섰다. 이러한 사실로 미루어 신문 판매가 감소하고 있음을 알 수 있다.

분명 데이터에 의거해 기술한 글이다. 하지만 전체적으로 숫자를 늘어놓은 것에 지나지 않는다. 보고서에 필요한 요소는 ① 목적, ② 데이터, ③ 분석, ④ 과제, 그리고 ⑤ 전망이다.

위 예문은 무엇을 위한 보고서인지 목적이 뚜렷하지 않다. 데이터를 그대로 옮겨 적었지만 분석을 하지 않았다. 그래서 앞으로의 과제가 무엇인지 알 수 없고 앞으로의 전망도 제시하지 않았다. 우선 데이터를 분석하는 내용을 정리해 보자.

'1997년 최고치였던 발행 부수의 변화'와 '지면 광고비와 인터넷 광고비의 추이'를 분석한다. 발행 부수 관련 내용은 아래와 같다.

- 1997년이 발행 부수의 최고치였고, 2010년에 처음으로 5천만 부에 미치지 못했다.
- 2010년부터 2014년 사이 4년 동안 발행 부수는 396만 부 감소했다.

광고 데이터에 대해서는 다음과 같은 사실을 알 수 있다.

- 신문과 인터넷을 비교하면 2005년과 2014년의 수치가 뒤바뀌었다.

이 내용을 보충하여 다시 써 보자.

일본의 신문 발행 부수는 1997년 5,377만 부로 사상 최고치를 기록했다. 그러나 이후 줄곧 하강 곡선을 그렸으며 2010년에는 처음으로 5천만 부를 밑돌아 4,932만 부에 그쳤다. 이후에도 계속 줄어들어 2014년에는 4,536만 부가 되었다. 2010년부터 4년 동안 약 4백만 부, 연간 약 1백만 부씩 감소했다. 이러한 추세가 계속되면 10년 후 일본의 신문 발행 부수는 3,500만 부 정도가 될 것이다.

발행 부수 감소는 광고비에도 영향을 미쳤다. 2005년에 1조 엔이 넘었던 지면 광고비는 2014년에는 6천억 엔 정도다. 한편 인터넷 광고비는 2005년에 약 4천억 엔이었으나 2014년에는 1조 519억 엔으로 지면 광고비를 훨씬 넘어섰다.

- 2010년에 처음으로 5천만 부를 밑돌았다.
- 2010~2014년 사이 약 4백만 부, 1년에 약 1백만 부씩 감소했다.

- 이대로의 추세라면 10년 후에는 3,500만 부가 될 것이다.
- 광고비에서는 인터넷 광고비가 비약적으로 증가했다.

데이터를 분석하여 현재 상황을 해설했다. 이때 주의해야 할 점은 개인적인 감상을 넣지 않는 것이다. 예를 들면 '이후에도 계속 줄어들어'를 '이후에도 감소하는 추세를 막을 수 없어서'라고 쓴다면, '막을 수 없는 것은 누구 탓인가?'라는 주체를 명확히 해야 한다. 분석할 때는 감상이나 의견을 넣지 않아야 오해를 줄일 수 있다. 정확한 분석이 끝나면 이어서 당면 과제와 전망을 제시해야 한다. 숫자만으로는 과제나 전망까지 담을 수 없다.

- 신문과 인터넷의 차이는 무엇인가?
- 신문의 정보가 갖는 특성
- 신문을 독자에게 배달하는 경비
- 태블릿 PC나 스마트폰 등 정보 단말기 보급의 영향

이와 같이 데이터와 연관 있는 다른 자료를 찾아 분석하고 과제와 전망을 적어 나간다.

예전에는 신문이 가장 들고 다니기 편리한 매체였다. 하지만 스마트폰과 태블릿 PC가 보급되면서 인터넷의 정보뿐 아니라 이메일, SNS, 전화 등 다양한 콘텐츠를 실시간으로 접할 수 있게 되었다. 특히 테크놀로지에 적응이 빠른 젊은 세대일수록 신문을 보지 않는 경향이 두드러진다.

앞으로 신문은 이러한 정보 단말기를 통해 인터넷상에서 제공되어야 한다. 그렇게 하면 종이와 잉크, 배송 등에 들어가는 비용이 사라져 정확한 정보를 더 저렴하게 제공함으로써 독자를 늘릴 수도 있다. 또한 정보 단말기로 제공하는 신문 광고에 링크를 연결해 기업 웹사이트로 들어갈 수 있게 하면 지금까지 없던 다양한 접근이 가능하다. 4,500만 부 가까이 발행되는 신문은 여전히 활자 매체로써 큰 매력을 지닌다는 사실을 부인할 수 없다. 하지만 지금부터 10년, 20년 후를 준비해 나가야 한다.

- 예전에 간편한 매체였던 신문이 스마트폰이나 태블릿 PC로 교체되었다.
- 젊은 세대는 다양한 통로로 정보를 얻는다.
- 따라서 앞으로는 정보 단말기를 통해 신문을 제공해야 한다.

여기까지가 데이터 분석으로 도출한 과제다. 그렇다면 어떻게 해야 할까?

- 정보 단말기로 신문을 제공하면 종이, 잉크, 배송 등에 들어가는 경비가 필요하지 않다.
- 그만큼 저렴하게 제공할 수 있다.
- 광고에 링크를 달아 다양한 접근을 시도할 수 있다.

이러한 전망을 이어 가는 것이다. 처음부터 연결해서 읽어 보자.

일본의 신문 발행 부수는 1997년 5,377만 부로 사상 최고치를 기록했다. 그러나 이후 줄곧 하강 곡선을 그렸으며 2010년에는 처음으로 5천만 부를 밑돌아 4,932만 부에 그쳤다. 이후에도 계속 줄어들어 2014년에는 4,536만 부가 되었다. 2010년부터 4년 동안 약 4백만 부, 연간 약 1백만 부씩 감소했다. 이러한 추세가 계속되면 10년 후 일본의 신문 발행 부수는 3,500만 부 정도가 될 것이다.

발행 부수 감소는 광고비에도 영향을 미쳤다. 2005년에 1조 엔이 넘었던 지면 광고비는 2014년에는 6천억 엔 정도다. 한편 인터넷 광고비는 2005년에 약 4천억 엔이었으나 2014년에는 1조 519억 엔으로 지면 광고비를 훨씬 넘어섰다.

예전에는 신문이 가장 들고 다니기 편리한 매체였다. 하지만 스마트폰과 태블릿 PC가 보급되면서 인터넷의 정보뿐 아니라 이메일, SNS, 전화 등 다양한 콘텐츠를 실시간으로 접할 수 있게 되었다. 특히 테크놀로지에 적응이 빠른 젊은 세대일수록 신문을 보지 않는 경향이 두드러진다.

앞으로 신문은 이러한 정보 단말기를 통해 인터넷상에서 제공되어야 한다. 그렇게 하면 종이와 잉크, 배송 등에 들어가는 비용이 사라져 정확한 정보를 더 저렴하게 제공함으로써 독자를 늘릴 수도 있다. 또한 정보 단말기로 제공하는 신문 광고에 링크를 연결해 기업 웹사이트로 들어갈 수 있게 하면 지금까지 없던 다양한 접근이 가능하다. 4,500만 부 가까이 발행되는 신문은 여전히 활자 매체로써 큰 매력을 지닌다는 사실을 부인할 수 없다. 하지만 지금부터 10년, 20년 후를 준비해 나가야 한다.

앞으로 신문이 살아남기 위해서 어떤 노력을 해야 하는가에 초점을 두고 있다. 여전히 전체적인 큰 그림에만 머물러 막연한 느낌이지만 과제와 향후 나아갈 방향은 제시하고 있다. 이 내용을 토대로 각각의 과제와 전망을 보완하면 훨씬 더 충실한 보고서가 될 수 있다.

보고서는 목적, 데이터, 분석, 과제,
그리고 앞으로의 전망을 기본으로 한다.

○ 의견을 쓸 때는
   사실을 바탕으로 한다

의견은 그렇게 생각하는 근거와 반대 의견을 객관적으
로 제시해야 한다. 그리고 자신은 어떻게 하고 싶은지
입장을 표명한다.

예문 ──

요즘 젊은이들은 잘못된 우리말 표현을 많이 사용한다.
'염두해 두다'는 '염두에 두다'의 잘못된 용례다. 학교의
국어 교육을 재점검할 필요가 있다.

무슨 말을 하고 싶은지는 알겠다. 그런데 과연 젊은
이들만 잘못된 표현을 쓸까? 그리고 '염두해 두다'가

정말로 잘못된 것인지 자료를 찾아 확인해 봐야 한다. 우리말 사용 실태 조사를 통해 다음과 같은 사실을 알 수 있었다. (여기의 데이터 수치는 실제 조사 결과가 아니며 예시를 위해 임의로 정한 것이다_옮긴이)

- '염두해 두다'라고 사용하는 사람은 약 40퍼센트다.
- 50퍼센트 이상이 '염두에 두다'라는 맞춤법에 맞는 표현을 쓰고 있다.
- 16~19세 청소년은 60퍼센트 이상이 '염두에 두다'를 사용하고 있다.

실태 조사에서 얻은 정보를 정리해 보자.

최근 '우리말 사용 실태 조사'에 따르면, '염두해 두다'라고 사용하는 사람은 약 40퍼센트를 차지했다. 50퍼센트 이상이 맞춤법에 맞게 '염두에 두다'라고 했으며, 특히 16~19세 청소년의 60퍼센트 이상이 '염두에 두다'를 쓴다고 대답했다. 이 결과만 놓고 보면 젊은이들의 우리말 사용이 잘못되었다고 할 수는 없을 것 같다.

다시 말해 '염두해 두다'라는 표현 하나만으로는 요즘 젊은이들이 우리말을 잘못 사용하고 있다고 단정 지을 수 없다. 데이터를 보면 오히려 올바르게 사용하는 편이라고 할 수 있다. 사전을 참고해 다음과 같은 사실을 알 수 있다.

- '염두'란 생각의 시초, 즉 마음속을 의미하는 명사로 '염두에 두다'는 '마음에 두다'라는 뜻이다.
- '염두'에 동사나 형용사를 만드는 접미사 '~하다'를 붙일 수 없다.

이 자료를 추가해서 설명해 보자.

'염두'란 생각의 시초, 즉 마음속을 의미하므로 '염두에 두다'는 '마음에 두다'와 같은 뜻이다. 명사 '염두'에 동사나 형용사를 만드는 접미사 '~하다'를 붙인 '염두하다'는 잘못된 표현이다. 그렇지만 "전문가의 말을 염두해야 한다", "상대의 입장을 염두하지 않아 생긴 일이다", "처음부터 염두하고 있었다"와 같은 표현을 흔히 접할 수 있다.

- '염두에 두다'와 '염두해 두다'는 비슷하게 많이 쓰인다.
- '염두해 두다'는 잘못된 표현이지만 방송에서조차 자주 사용되고 있다.
- 이런 현상을 시대에 따른 '언어의 변화'로 너그럽게 볼 것이 아니라 바람직한 언어 생활을 위해 바로잡아야 할 것이다.

시대와 함께 말도 변화한다. 인터넷이 주도하는 최근에 그 변화는 상상 이상으로 빨라지고 있다. '염두에 두다'와 '염두해 두다'는 둘 다 많이 쓰이며 어떤 쪽이 올바른 용례인지 혼란스럽기 그지없다. 심지어 전문 방송인조차 '염두해 두다'가 잘못된 말인지 모르는 듯 태연하게 쓰곤 한다. 이와 같은 현상을 '언어의 변화'로 보며 관용적인 자세를 취하기보다는 오용을 바로잡아 '염두에 놓다', '염두

밖의 일'과 같이 사용해야 한다는 사실을 염두에 두어야
할 것이다.

연결하여 읽어 보자.

교정 —

최근 '우리말 사용 실태 조사'에 따르면, '염두해 두다'라
고 사용하는 사람은 약 40퍼센트를 차지했다. 50퍼센
트 이상이 맞춤법에 맞게 '염두에 두다'라고 했으며, 특히
16~19세 청소년의 60퍼센트 이상이 '염두에 두다'를 쓴
다고 대답했다. 이 결과만 놓고 보면 젊은이들의 우리말
사용이 잘못되었다고 할 수는 없을 것 같다.

　'염두'란 생각의 시초, 즉 마음속을 의미하므로 '염두에
두다'는 '마음에 두다'와 같은 뜻이다. 명사 '염두'에 동사
나 형용사를 만드는 접미사 '~하다'를 붙인 '염두하다'는
잘못된 표현이다. 그렇지만 "전문가의 말을 염두해야 한
다", "상대의 입장을 염두하지 않아 생긴 일이다", "처음부
터 염두하고 있었다"와 같은 표현을 흔히 접할 수 있다.

시대와 함께 말도 변화한다. 인터넷이 주도하는 최근에 그 변화는 상상 이상으로 빨라지고 있다. '염두에 두다'와 '염두해 두다'는 둘 다 많이 쓰이며 어떤 쪽이 올바른 용례인지 혼란스럽기 그지없다. 심지어 전문 방송인조차 '염두해 두다'가 잘못된 말인지 모르는 듯 태연하게 쓰곤 한다. 이와 같은 현상을 '언어의 변화'로 보며 관용적인 자세를 취하기보다는 오용을 바로잡아 '염두에 놓다', '염두 밖의 일'과 같이 사용해야 한다는 사실을 염두에 두어야 할 것이다.

우리말이 '바르게 사용되고 있는가?'라는 문제와 '말은 변화한다'는 주제를 다룬 글이다. 자기 의견을 전개시키며 '염두해 두다'라는 표현을 예로 들었지만 그 표현 하나로는 젊은이들이 우리말을 잘못 사용하고 있음을 증명하지 못했다. 글쓴이가 궁극적으로 주장하는 것은 언어의 변화와 오용이 범람하는 상황에서 우리말을 올바르게 쓰는 자세가 필요하다는 것이다.

자신의 생각을 쓸 때 여론 조사나 사전 등의 자료를

활용하면 의견을 설득력 있게 펼쳐 나갈 수 있다. 또한 누군가의 말을 듣고 글을 쓸 때도 그 말을 있는 그대로 믿지 말고 스스로 확인하는 작업을 반드시 거쳐야 한다.

point

의견을 쓸 때는 객관적인 자료를 제시한다.

3장

글의 소재는 관찰과 경험에서 찾는다

글쓰기는
관찰에서 시작된다

관찰이란 무언가를 주의 깊게 보는 행위다. 그렇게 하면 지금까지 깨닫지 못했던 점이나 막연하게 지나쳤던 부분이 확실하게 보이고 새로운 사실을 발견할 수도 있다. 그런 발견이 글의 소재가 된다.

어떤 사람을 설명할 때 어떻게 표현해야 할까? 주로 좋은 사람이나 착한 사람, 혹은 쉽게 가까워지기 힘들지만 알고 보면 편안한 사람이라는 식으로 무난하게 묘사하곤 한다. 그런 표현에는 개성이 없다. 누가 써도 상관없기 때문이다. 하지만 사람은 저마다 생각이 다르다.

좋은 사람이라고 느꼈다면 '왜 그렇게 생각했는지'를 구체적으로 쓴다. 그래야 남들과 다른 '발견', 즉 자기만의 '관점'을 보여 줄 수 있다.

○ '진지한 얼굴'이란 어떤 표정일까?

다음과 같은 문장이 있다.

예문 ──

할아버지의 사진이 있다. 진지한 얼굴을 하고 있다.

할아버지가 찍힌 사진을 이야기하고 있다. 그런데 '진지한 얼굴'이라고 표현하면 글을 읽는 사람마다 다른 표정을 떠올릴 수 있다. 글쓴이가 생각한 이미지를 독자에게 전달하기 위해서는 '진지한 얼굴'을 더 자세히 설명해야 한다.

얼굴 표정뿐 아니라 옷차림이나 사진의 배경 등 제공

할 수 있는 정보를 최대한 말해 준다. 그리고 그것을 바탕 삼아 글쓴이가 기억하는 할아버지로 연결해 나간다. 그러므로 우선 할아버지의 사진을 잘 관찰하는 게 중요하다. 또한 사진이 어디에 있었는지, 사진을 둘러싼 사정을 밝히면 사진이 갖는 의미를 더 명확하게 전달할 수 있다. 매일 보는 사진이라도 자세히 관찰하면 새로운 발견을 할 수 있다.

그럼 사진에 다음과 같은 배경이 있었다고 가정해 보자.

- 내 앨범에 할아버지의 사진이 있다.

- 20세기 초에 활동한 문필가처럼 보이는 이 사진을 할아버지는 좋아했다.

- 서재 창가 책상에 앉은 할아버지의 모습이다.

- 뿔테 안경을 쓴 할아버지는 콧수염을 길렀고 이마와 미간에 주름이 잡혀 있다.

- 늘 웃는 얼굴이던 할아버지와 다른 표정이다

이런 세부 사항을 추가해 글을 써 본다.

내 앨범에는 할아버지의 사진이 한 장 들어 있다. 할아버지가 무척 마음에 들어 한 사진이라고 아버지가 말해 주었다. 할아버지는 서재 창가에 놓인 책상에 앉아 몸을 옆으로 돌려 카메라를 보고 있는데 <u>둥근 뿔테 안경을 쓰고 콧수염을 길렀다. 눈이 부신 듯 미간을 찌푸려 이마에 깊은 주름 세 줄이 잡혔다.</u> 마치 20세기 초에 활동한 문필가의 초상화 같다. 할아버지도 그 점 때문에 이 사진을 좋아했다고 한다. 늘 온화하게 미소 짓던 할아버지와는 다른 낯선 모습이다.

'진지한' 할아버지의 모습을 '카메라를 보고 있는', '둥근 뿔테 안경을 쓴', '콧수염을 기른', '이마에 깊은 주름이 잡힌', '미간을 찌푸린'이라고 표현함으로써 누구든 사진 속 할아버지를 상상할 수 있다. 구체적으로 쓰기는 이런 것이다.

이제 이야기를 조금 더 깊이 있게 해 보자. 앞의 글에서는 할아버지가 좋아했던 사진을 설명하는 것으로 끝났다. 하지만 이 사진과 관련된 뒷이야기는 없을까? 사진을 더 자세히 관찰하며 표정에서 뭔가 새로운 점은 없는지 살펴본다. 혹은 아버지에게서 더 자세한 이야기를 듣고 몰랐던 사실을 알게 될 수도 있다.

- 할아버지의 오른쪽 볼이 살짝 튀어나와 있다.
- 아버지에게 들으니, 할아버지가 실은 사탕을 물고 있었다고 한다.
- 사탕을 먹는 할아버지의 얼굴이 재미있어서 아버지가 카메라를 들이댔다.
- 갑작스런 사진 촬영에 할아버지는 얼른 입을 다물었다. 할아버지가 마음에 들어 한 사진은 그렇게 찍힌 것이다.

이와 같은 내용을 추가적으로 발견했다.

자세히 보니 할아버지의 오른쪽 볼이 살짝 부풀어 있었다. 할아버지가 큰 눈깔사탕을 물고 있었다고 아버지가 알려 줬다. 큰 사탕으로 볼이 늘어난 할아버지의 얼굴이 재미있어서 아버지가 카메라를 들이댄 것이었다. 갑작스런 촬영에 할아버지가 얼른 입을 다물면서 입 주변이 조금 내려가 20세기 초의 문필가 같은 모습이 되었다.

이렇게 추가로 설명하니 '진지한 표정을 지은' 이유를 알 수 있게 되었다. 그런데 할아버지는 왜 눈깔사탕을 입에 물고 있었을까? 이어서 그 이유를 덧붙여 보자.

- 눈깔사탕은 사진을 찍기 전날 내가 축제 야시장에서 사 온 것이다.
- 세 살 때 일이라 나는 기억나지 않는다.

이런 이야기를 계속 연결해 간다.

사탕은 전날 축제 야시장에서 내가 사 온 것이라고 하는데, 세 살 때 일이라 나는 전혀 기억나지 않는다.

이것으로 완성일까? 그래도 되지만 언제나 온화했던 할아버지에게서 상상할 수 없는 표정이었다는 놀라움을 강조하는 에피소드가 있다면 덧붙여도 좋다.

- 문필가처럼 보이는 사진이 찍힌 후 할아버지는 큰 웃음을 터트렸다. 그 바람에 사탕을 입에서 떨어뜨렸다.
- 아버지는 그 사진도 찍었다.
- 할아버지가 문필가의 초상화 같은 사진을 마음에 들어해서 사탕을 뱉는 우스꽝스러운 사진은 할아버지에게 보여 주지 않았다.

이러한 뒷이야기를 추가해 보자.

사진이 찍힌 후 할아버지는 큰 웃음을 터트렸고 그 바람에 물고 있던 사탕을 떨어뜨렸다. 카메라를 손에 든 아버지는 그 순간도 놓치지 않았다. 하지만 할아버지가 문필가처럼 보이는 사진을 너무 마음에 들어 해서 우스꽝스러운 사진은 보여 주지 않았다고 한다.

처음부터 연결해 보자.

교정 ⟶

내 앨범에는 할아버지의 사진이 한 장 들어 있다. 할아버지가 무척 마음에 들어 한 사진이라고 아버지가 말해 주었다. 할아버지는 서재 창가에 놓인 책상에 앉아 몸을 옆으로 돌려 카메라를 보고 있는데 둥근 뿔테 안경을 쓰고 콧수염을 길렀다. 눈이 부신 듯 미간을 찌푸려 이마에 깊은 주름 세 줄이 잡혔다. 마치 20세기 초에 활동한 문필가의 초상화 같다. 할아버지도 그 점 때문에 이 사진을 좋아했다고 한다. 늘 온화하게 미소 짓던 할아버지와는 다른 낯선 모습이다.

자세히 보니 할아버지의 오른쪽 볼이 살짝 부풀어 있었다. 할아버지가 큰 눈깔사탕을 물고 있었다고 아버지가 알려 줬다. 큰 사탕으로 볼이 늘어난 할아버지의 얼굴이 재미있어서 아버지가 카메라를 들이댄 것이었다. 갑작스런 촬영에 할아버지가 얼른 입을 다물면서 입 주변이 조금 내려가 20세기 초의 문필가 같은 모습이 되었다.

사탕은 전날 축제 야시장에서 내가 사 온 것이라고 하는데, 세 살 때 일이라 나는 전혀 기억나지 않는다.

　사진이 찍힌 후 할아버지는 큰 웃음을 터트렸고 그 바람에 물고 있던 사탕을 떨어뜨렸다. 카메라를 손에 든 아버지는 그 순간도 놓치지 않았다. 하지만 할아버지가 문필가처럼 보이는 사진을 너무 마음에 들어 해서 우스꽝스러운 사진은 보여 주지 않았다고 한다.

　진지한 얼굴의 할아버지 사진을 묘사한 후 두 번째 단락에서 사실은 눈깔사탕을 물고 있었다는 사실을 밝혔다. 손자가 선물한 사탕을 기쁘게 먹는 할아버지의 온화한 모습이 떠오른다. 입에서 사탕을 떨어뜨리는 사진을 할아버지에게 보여 주지 않은 아버지의 배려심도 잘 드러난다.

　어떤 사람을 설명할 때 추상적으로 '까다롭다', '좋은 사람', '착하다'는 말을 사용하기보다 그에 대한 일화를 쓰는 것이 좋다. '왜 까다롭다고 생각했는가?', '왜 좋은 사람이라고 생각했는가?', '왜 착하다고 생각했는가?'를 보여 주는 일화를 소개하면 독자도 쉽게 그의 모습을 상상할 수 있다.

○ 표정에도 여러 가지가 있다

관찰을 하고 나서 막상 글로 쓰려는데 관념적인 표현에 그치고 말 때가 있다. 잘 표현되지 않는다 싶어 한숨이 나오기도 한다. 하지만 그런 경우 문제는 표현에 있는 게 아니라 세부적인 부분을 잘 살펴보지 않은 데 있다.

꽃을 말한다면 무슨 색인지, 꽃잎이나 암술, 수술의 모양은 어떤지, 작은 벌레는 없었는지 등을 세세히 관찰해서 독자에게 이미지를 전달해야 한다. 사람이 웃는 모습을 설명할 때도 마찬가지다. 다음의 예를 보자.

그렇게 말하고 그는 웃었다.

이것만으로는 그가 어떤 웃음을 지었는지 알 수 없

다. 웃는 방식에도 여러 가지가 있다. 입가의 표정은 어떠했는가? 입을 벌리고 웃었는지 다물고 있었는지, 웃음소리는 어떠했는지 등의 세부 사항을 떠올려 보면 그에 어울리는 표현도 떠오른다.

- 그렇게 말하고 그는 이가 다 보이도록 입을 크게 벌려 웃었다.
- 그렇게 말하고 그는 손뼉을 치며 큰 소리로 웃었다.
- 그렇게 말하고 그는 입술 끝을 살짝 올리며 고개를 끄덕였다.
- 그렇게 말하고 그는 미소 지으며 왼쪽 눈으로 살짝 윙크를 했다.
- 그렇게 말하고 그는 눈웃음을 지었다.
- 그렇게 말하고 그는 고개를 끄덕이며 가만히 웃었지만 눈에 눈물이 고여 있었다.

웃는 모습은 상황과 개인에 따라 다르다. 웃는 표정도 여러 가지다. 기억을 떠올리며 글을 쓰는 연습을 해

보자. 그러려면 세세한 부분까지 의식적으로 관찰해야
한다.

point

표정에는 여러 가지가 있다.
세세한 부분을 잘 살펴봐야만 이미지를
제대로 전달할 수 있다.

○ '둥글다', '크다'만으로는
알 수 없다

대상을 자세히 관찰한다는 것은 무슨 뜻일까?

예를 들면 '둥글다'는 단어에서는 어떤 이미지가 떠
오를까? 둥근 해, 둥근 지구, 둥근 쟁반, 둥근 얼굴 등
모두 '둥글다'는 말로 표현할 수 있지만 그 명확한 의미
는 앞뒤 문맥을 보며 그려야 하는 경우가 많다. 그러므
로 오해를 불러일으키지 않으려면 가능한 자세히 설명
을 해 주어야 한다.

사실 평소에 우리는 무엇을 주의 깊게 보거나 살피는 일이 많지 않다. 그러나 글을 쓰고자 한다면 의식적으로 신경을 써야 한다. 그래야 단순한 표현으로는 묘사할 수 없는 것이 보이기 시작한다.

이는 에세이나 소설을 쓸 때만 국한된 이야기가 아니다. 기획서나 보고서에도 관찰력이 필요하다. 중요한 요소는 숨어 있거나 잠들어 있다. 관찰을 통해 그것을 끌어내야 한다.

예문 ──

해변에 작은 아이가 큰 모자를 쓰고 아버지와 나란히 앉아 있었다.

- 작은 아이는 몸의 크기를 뜻하는 것인가 아니면 나이가 어리다는 말인가? 혹은 둘 다인가?
- 큰 모자는 얼마만 한 크기를 말하는가?

이 문장만으로는 '작은', '큰'이라는 단어의 구체적인 이미지가 떠오르지 않는다. 이것을 자세히 설명해 보면 이렇게 쓸 수 있다.

교정 1 ⟶

해변에 서너 살쯤 되는 남자아이가 아버지와 나란히 앉아 있었다. 아버지는 자기 밀짚모자를 아이에게 씌웠다. 그러자 아이의 머리가 밀짚모자 안에 쏙 파묻혔다.

- 남자아이는 서너 살이다.
- 큰 모자는 '아버지의 밀짚모자'이며 아버지가 아이에게 씌워 준 것이다.
- 그래서 아이의 머리가 밀짚모자 안에 쏙 파묻혔다.

구체적인 정보가 추가되면서 '작은 아이', '큰 모자'라는 막연한 문장에 중심점이 생겼다. 아버지의 움직임도 나타났다. 여기가 핵심이다. 움직임을 넣으면 문장이 생생하게 살아난다. 그러기 위해서는 두 부자를 꼼꼼히 관찰해야 한다. 관찰을 하면 새로운 발견을 할 수 있고 예상과는 다른 전개가 펼쳐지기도 한다.

"현장에서 잘 보고(관찰하고) 생각할 것."

기자가 처음에 교육을 받을 때 귀에 못이 박히게 듣는 말이다.

- 계절은 언제인가?
- 어느 해변인가?
- 부자가 함께 앉아서 무엇을 하고 있는가?
- 밀짚모자에 머리가 파묻힌 아이는 어떻게 반응했을까?

이러한 내용을 추가하면 이미지가 더욱 뚜렷해진다.

교정 →

장맛비가 그친 경포대 바닷가. 서너 살쯤 된 남자아이가 아버지와 갈매기 떼를 보며 나란히 앉아 있었다. 아버지는 이마의 땀을 닦기 위해 벗은 밀짚모자를 아들에게 씌웠다. 아이의 머리가 밀짚모자 안에 쏙 파묻혔다. 당황한 아이는 모자를 벗으려고 했지만 모자챙이 넓어 손이 닿지 않았다. 그러자 이번에는 일어서서 머리를 흔들었다. 마치 음악 소리에 맞춰 춤추는 인형 같았다. 아이는 머리를 이리저리 흔들며 "모자, 빼"라고 칭얼댔지만 아버지는 박장대소를 할 뿐이었다. 하늘에서는 갈매기가 끼룩끼룩 울고 있었다.

- 장마가 막 끝난 계절.
- 부자는 경포대 해변에 앉아 있다.
- 두 사람은 갈매기를 보고 있었다.
- 아버지는 땀을 닦기 위해 밀짚모자를 벗었다가 아이에게 씌워 줬다.
- 모자에 파묻힌 아이가 모자를 벗으려고 했지만 마음대로 되지 않아 애를 먹고 있었다.

상세한 내용이 추가되었다.

'장맛비가 그친'이라는 표현에서 햇볕을 가리기 위해 밀짚모자를 썼으리라는 사실을 짐작할 수 있다. 부자가 나란히 앉아 갈매기를 보는 모습이나 아버지가 아들에게 밀짚모자를 씌운 후에 벌어진 상황에서 두 사람의 사이가 좋다는 사실도 은연중에 알 수 있다.

아버지가 씌운 모자를 벗으려고 버둥대는 아이가 '음악 소리에 맞춰 춤추는 인형 같아서' 아버지는 웃음을 터뜨렸다.

'작은'이나 '큰'과 같은 모호한 단어를 쓰지 않고 그 상황을 묘사하면 움직임도 표현된다. 단순한 표현으로는 쓸 수 없던 광경이 입체적으로 떠오르지 않는가?

글 마지막에 '매우 평화로운 광경이었다'라고 직접적으로 쓰는 대신 '끼룩끼룩'이라는 갈매기 울음소리를 표현해 그런 느낌을 줄 수 있다. 충분한 관찰이 토대가 되었기에 가능한 일이다.

point

대상을 충분히 관찰한 후
하나하나 정성껏 쓴다.

○ 관찰력을 키우는 방법:
묘사하기

관찰력을 기르는 일환으로 대상을 철저하게 묘사하는 방법이 있다. 평소에 무심코 지나치며 보지 못했던 것을 새삼 발견할 수 있다.

예문 ⟶

여동생이 기르는 개는 온몸이 새까만 털로 뒤덮여 있었다.

글 중간에 들어가는 문장이라면 이렇게 써도 상관없다. 그러나 이 한 문장만으로는 충분한 설명이 되지 못한다. '검은 개'라는 것 말고 정보가 없기 때문이다. 글을 읽는 사람이 여동생의 개를 머릿속으로 생생하게 그릴 수 없다.

- 개의 종류는 무엇인가?
- 그 개는 어떤 특징을 지녔는가?
- 얼마나 큰 개인가?

- 털의 길이와 감촉은 어떠한가?
- 어떤 표정을 짓고 있나?

세부 내용을 보충해 보자.

교정 ⟶

여동생이 기르는 개는 뉴펀들랜드 종으로 생후 6개월이 채 안 되었는데 몸무게가 벌써 50킬로그램을 넘고 몸길이도 60센티미터에 달한다. 온몸을 덮은 새까맣고 두꺼운 털은 보기보다 뻣뻣하다. 털이 빽빽하게 나서 물에 들어가도 털 사이에 생기는 공기층 때문에 물이 몸에 닿지 않아 체온이 떨어지지 않는다고 한다. 그래서 수해가 났을 때 구조견으로 활약하는 견종이다. 비에 젖은 채 마당에서 자거나 눈 속에서 뒹굴어도 태연하다. 의지가 강하고 작은 일에 좀처럼 동요하지 않는 성격이다. 그런데 의외로 애교가 많다. 새까만 얼굴에서 분홍빛 혀를 쏙 내밀며 '메롱'하는 것 같은 모습을 보면 좀처럼 미워할 수가 없다.

- '뉴펀들랜드'라는 견종이다.

- 생후 6개월도 안 되었는데 몸무게가 50킬로그램을 넘고 몸길이도 60센티미터에 달한다.

- 털은 보기보다 뻣뻣해서 물을 튕겨 낼 정도다.

- 추위에 강해서 수해가 났을 때 인명 구조견으로 활약한다.

- 굳건한 성격이지만 애교가 넘친다.

뉴펀들랜드라는 견종, 50킬로그램을 넘는 체중, 60센티미터 정도 되는 몸길이, 수해 시 인명 구조에 도움이 된다는 내용은 여동생에게 들은 이야기를 덧붙인 것이다. 직접 보거나 들은 것을 메모해 두었다가 활용하면 무척 좋다. 그 역시 일종의 관찰이다. 그러나 앞서 언급했듯이, 남에게 들은 이야기를 글로 옮길 때는 그대로 믿지 말고 사실 여부를 확인해 봐야 한다. 정확한 정보를 쌓아야 더 구체적으로 묘사할 수 있다.

'새까만 얼굴에서 분홍빛 혀를 살짝 내미는 모양이 귀엽다'라고 하기보다 '메롱하는 것 같은 모습을 보면 좀처럼 미워할 수가 없다'라고 하면 혀를 쏙 내민 개의 모습을 좀 더 재미있게 전달할 수 있다.

여행을 갔을 때는 보고 듣고 느낀 것을 메모하거나 사진을 찍어 두면 좋다. 돌아온 후에 그것을 바탕으로 기억을 떠올리거나 자료를 찾아 데이터를 추가할 수 있다. 꼼꼼히 관찰하는 습관이야말로 글의 소재를 찾는 가장 좋은 방법이다.

point

관찰하는 습관을 들이면 써야 할 것이 보인다.

경험 속에
글의 소재가 있다

즐거운 추억이나 슬프고 괴로웠던 일, 우리가 경험한 모든 것이
글의 귀중한 재료가 된다. 경험 가운데 글 소재가 있다. 더 '쓰고
싶다'고 생각되는 것에 집중하면 무리 없이 글을 쓸 수 있다.

무엇을 써야 할지 모르겠다는 사람은 자신이 경험한 내
용을 처음부터 끝까지 모두 재현해야 한다고 생각하는
경우가 많다. 어디서부터 시작하면 좋을지 정리가 되지
않아 쩔쩔매는 유형이다. 사실 '쓰고 싶다'고 느끼는 하
나만 찾으면 충분하다.

　글쓰기는 필요한 부분을 선택하는 일이다. 바꿔 말하

면 불필요한 부분을 버리는 작업이기도 하다. 써야 할 것을 꼭 집어내는 것이 중요하다.

경험을 재현하기가 힘들다고 겁먹을 필요는 없다. 몇 군데 포인트를 정하고 하나하나 순서대로 따라가면 글을 써 나갈 수 있다.

예문 ⟶

새벽녘, 어둡던 동쪽 하늘이 밝아졌다. 눈부신 태양이 떠올랐다.

해가 뜨는 모습을 표현한 글이다. 주변 상황이나 경치가 어떤지는 충분히 알려 주지 않는다. 독자에게 내가 본 이미지를 잘 전달하기 위해 어떻게 살을 붙이면 좋을까? 생각만큼 어렵지 않다. 어둠 속에서 해가 떠오를 때까지의 몇 시간에 초점을 맞추고 색, 냄새, 소리 등의 주변을 찬찬히 관찰한다. 무엇을 써야 할지 틀림없이 발견할 수 있을 것이다.

- 언제쯤의 일출인가?
- 그때는 추웠나, 더웠나?
- 주변 상황은 어떠했는가?
- 태양은 어떻게 보였는가?

그때의 상황을 하나하나 자세히 적어 나간다.

패딩 코트를 껴입고 목도리를 둘렀지만 바람이 얼음처럼 차갑다. 1월 1일 오전 5시 무렵, 푸르스름한 하늘에는 아직 별이 몇 개 반짝이고 고요함이 흘렀다.

태양이 떠오르기 전의 상황을 설명해 준다. 오전 5시 무렵의 새해 아침. '패딩 코트를 껴입고'로 시작하는 첫 문장에서 혹독하게 춥다는 사실을 짐작할 수 있다. '아직 별이 몇 개 반짝이고'라는 말로 새벽녘의 한 순간을 표현했다. 그 후 풍경이 어떻게 변화하는지를 묘사하듯이 써 내려간다.

나무 사이가 점점 밝아 온다. 별이 사라지고 짙은 남색 구름이 하늘을 가로지르듯이 흘러간다. 주변은 서서히 연분홍색으로 물든다. 새들이 짹짹거리기 시작한다. 태양은 구름에 덮여 아직 보이지 않는다. 옅은 푸른색 구름이 주홍색으로 바뀌더니 천천히 흩어진다.

- 나무 사이가 점점 밝아 온다.
- 별이 사라지고 짙은 남색 구름이 하늘을 가로지르듯이 흘러간다.
- 주변은 서서히 연분홍색으로 물든다.
- 새들이 울기 시작한다. 그러나 태양은 아직 보이지 않는다.

시시각각으로 변하는 새벽의 모습을 그렸다. 색깔뿐 아니라 새의 울음소리도 넣어 읽는 사람의 오감을 자극한다. 그리고 태양이 떠오르는 모습을 이어 간다.

6시, 지평선과 붉은 구름 사이로 태양이 서서히 모습을 드러냈다. 주위가 황금빛으로 빛난다. 눈을 가늘게 뜨니 일곱 빛깔을 띤 몇 개의 원이 사방으로 빛을 발한다. 눈을 감아도 눈꺼풀 속이 새빨갛다. 한가운데 녹색 덩어리가 있고 그 속으로 파란색 원이 보인다. 햇빛을 받아 볼이 빨개지고 이어 온몸이 따뜻해진다. 태양은 눈부신 빛을 내뿜으며 구름 사이를 빠져나와 푸른 하늘 위로 점점 올라간다.

- 태양이 모습을 드러내면 주위가 전부 황금빛으로 빛난다.
- 눈부신 빛에 눈을 가늘게 뜨니 여러 가지 색깔의 빛이 보인다.
- 햇빛을 받아 온몸이 따뜻해진다.
- 태양이 한달음에 푸른 하늘로 올라간다.

아침 6시, 태양이 떠오르는 모습을 묘사한 글이다. 태양은 무슨 색으로 빛나기 시작해서 어떤 색으로 바뀌고 주위는 어떻게 변해갔는가? 어려운 말을 늘어놓을 필요가 없다. 하나하나 자세히 묘사하기만 하면 시시각각 변하는 새벽의 광경을 쉽게 상상할 수 있다.

처음부터 연결해서 읽어 보자.

교정 ──

패딩 코트를 껴입고 목도리를 둘렀지만 바람이 얼음처럼 차갑다. 1월 1일 오전 5시 무렵, 푸르스름한 하늘에는 아직 별이 몇 개 반짝이고 고요함이 흘렀다.

　나무 사이가 점점 밝아 온다. 별이 사라지고 짙은 남색 구름이 하늘을 가로지르듯이 흘러간다. 주변은 서서히 연분홍색으로 물든다. 새들이 짹짹거리기 시작한다. 태양은 구름에 덮여 아직 보이지 않는다. 옅은 푸른색 구름이 주홍색으로 바뀌더니 천천히 흩어진다.

　6시, 지평선과 붉은 구름 사이로 태양이 서서히 모습을 드러냈다. 주위가 황금빛으로 빛난다. 눈을 가늘게 뜨니 일곱 빛깔을 띤 몇 개의 원이 사방으로 빛을 발한다. 눈을 감아도 눈꺼풀 속이 새빨갛다. 한가운데 녹색 덩어리가 있고 그 속으로 파란색 원이 보인다. 햇빛을 받아 볼이 빨개지고 이어 온몸이 따뜻해진다. 태양은 눈부신 빛을 내뿜으며 구름 사이를 빠져나와 푸른 하늘 위로 점점 올라간다.

써야 할 대상을 객관적으로 묘사하고 있다. 짹짹거리는 새소리가 글에 생동감을 부여한다. 옅은 푸른색에서 주홍색으로 변해 가는 구름은 하늘의 변화를 보여 주는 중요한 요소다. 또한 5시, 6시라는 시간을 써 주면 대략적이나마 그때의 상황을 떠올리기가 더 쉽다.

다시 말하지만 태양을 보고 '좋았다, 아름다웠다'라는 직접적인 표현은 없다. 하지만 '햇빛을 받아 볼이 빨개지고 이어 온몸이 따뜻해진다. 태양은 눈부신 빛을 내뿜으며 구름 사이를 빠져나와 푸른 하늘 위로 점점 올라간다'는 부분에서는 새로운 희망 같은 것마저 느낄 수 있다.

객관적인 글에도 글쓴이의 관점은 확실히 들어간다. 관점은 글의 핵심이다. 사진이나 그림과 마찬가지로 풍경의 어디를 떼어 내서 그려 나갈지 의식하면서 글을 써야 한다.

쓰고자 하는 요소를 정하고
그것을 글의 핵심으로 삼는다.

○ 상황은 되도록
   자세하게 쓴다

산이나 바다에 갔을 때의 경험을 쓴다면 날씨의 변화라든지 함께 간 일행의 행동이나 말을 떠올려 보는 것부터 시작한다. 그날 날씨는 좋았는가? 바람의 방향이나 파도의 높이는 어땠는가? 함께한 일행과 나눈 대화에는 감정의 기복이 숨어 있을 수 있다. 눈을 사로잡은 풍경, 코끝으로 스며드는 냄새, 온몸을 감싸는 부드러운 바람 등 오감에 남는 것도 있다. 쓸거리가 곳곳에 있으니 잘 주워 담기만 하면 된다.

여름 방학에 같은 반 친구와 등산을 간 이야기를 예로 들어 보자.

여름 방학에 같은 반 친구와 등산을 갔다. 돌아오는 길에 산나리를 발견했다. 한 송이 꺾어 어머니께 가져다 드렸더니 "향기가 좋네"라며 미소 지었다. 매우 기뻤던 기억이 남아 있다.

여기에 산에 올랐을 때의 광경을 좀 더 덧붙일 수 있다. '여름 방학 때 같은 반 친구와 등산을 갔다'라는 문장에서는 '그것은 언제의 여름 방학인가?'를 추가한다. 초등학교, 중학교, 고등학교, 대학교 등 어느 연령대인가에 따라 등산의 위험도가 다르다. 등산을 간 이유도 담력 테스트, 모험, 취미생활 등 여러 가지가 있을 수 있다.

우선 그런 기본적인 정보를 제시해 주어야만 글쓴이와 독자가 같은 이미지를 그릴 수 있다.

- 언제의 여름 방학인가?
- 함께 간 친구는 몇 명이었나?

- 산은 얼마나 높은가?
- 정상까지 오르는 데 시간이 얼마나 걸렸는가?
- 도중에 에피소드는 없었는가?
- 산 위의 날씨는 어떠했나?

산에 오르는 상황 하나하나에 자세히 살을 붙인다.

중학교 1학년 여름 방학 때 같은 반 친구 열 명이서 근처 뒷산에 올랐다. 뒷산이라고 해도 800미터나 되는 꽤 높은 산이다. 그런데 출발한 지 얼마 안 되어서 안개에 휩싸이며 시야가 나빠지기 시작했다. 안개는 우리를 앞질러서 올라갔다. 두 시간 가까이 걸었는데도 정상에 닿지 못하자 길을 잘못 든 건 아닌지 조난당한 건 아닌지 불안해졌다. 그래도 "전에 올라 본 적 있는데 괜찮아"라는 A의 말을 믿고 계속 올라갔다.

조금 평평한 곳에 이르러 잠시 휴식을 취하는데 순식간에 안개가 걷히며 환해졌다. 주변이 꽃으로 가득하고 정상이 바로 눈앞이라는 걸 깨달은 우리는 일제히 환호성을 지르며 정상을 향해 뛰어갔다.

- 중학교 1학년 여름 방학 때의 일이었다.
- 같은 반 친구들 열 명이서 800미터 가까이 되는 높은 산에 올랐다.
- 출발한 지 얼마 되지 않아 안개가 몰려와 시야가 나빠지기 시작했다.
- 두 시간 가까이 걸었는데 정상에 도달하지 못해 불안해졌다.
- 그래도 전에 올라 본 적이 있는 친구의 말을 믿었다.
- 정상에 도착할 무렵 안개가 걷히고 꽃밭이 펼쳐졌다.

미지의 세계로 나아가고 싶은 또래 아이들의 모험이라는 사실을 알 수 있다. 두 시간 정도 걸린 등산 이야기는 매우 극적이다. 날씨가 흐려지는 모습을 '안개는 우리를 앞질러서 올라갔다'라고 표현함으로써 긴박감을 연출했다. 그리고 '길을 잘못 든 건 아닌지'라는 말로 당시의 불안을 구체적으로 나타냈다.

처음의 예문에는 '돌아오는 길에 산나리를 발견했다'라는 부분이 있다. 산을 내려올 때는 무슨 일이 있었는지를 떠올리면서 써 보자. 아직 쓰지 못한 부분이 있을 것이다.

- 산나리는 돌아오는 길 어디쯤에서 발견했는가?
- 왜 어머니에게 가져다 드리려고 생각했는가?
- 산나리에서는 어떤 향기가 났는가?
- 어머니는 산나리를 보고 어떤 반응을 보였는가?

내려오는 길에 산나리를 발견해 어머니에게 가져다 드린 이야기 곳곳에서 '왜/어째서'라는 의문이 떠오른다. 그 부분에 집중해서 글을 이어 가 보자.

산을 오를 때는 날씨가 나빠서 미처 보지 못했지만 하산하는 도중에 산나리가 무리 지어 피어 있는 곳을 발견했다. 안개가 걷힌 후 물기를 머금은 공기와 쨍하게 내리쬐는 여름 햇빛, 산나리의 달콤한 향기가 주변을 감쌌다. 아름다운 순백의 꽃잎, 짙은 초록빛으로 우거진 숲, 파란 하늘이 모두 꽃향기 속에 스며들어 계속해서 코끝에 맴돌았다. 산나리를 한자로 '백합百合'이라고 쓰는 것은 백 가지 향기가 섞여 있기 때문이라는 이야기를 들은 적이 있다. <u>꽃을 좋아하는 어머니에게 보여 주고 싶어서 꽃이 많이 달린 줄기를 하나 꺾어 돌아왔다.</u> 꽃을 꽃병에 꽂으며 "향기가 좋네"라고 미소 짓는 어머니의 얼굴이 산나리 같았다.

- 산을 내려오는 도중에 산나리가 무리 지어 피어 있는 곳을 발견했다.
- 산을 오를 때는 그곳을 미처 보지 못했다.
- 주변이 산나리 향기에 둘러싸여 있었다.
- 꽃을 좋아하는 어머니에게 보여 주고 싶었다.
- 미소 짓는 어머니의 얼굴이 산나리 같았다.

위와 같은 사실을 알 수 있었다. 전체적으로 다시 읽어 보자.

중학교 1학년 여름 방학 때 같은 반 친구 열 명이서 근처 뒷산에 올랐다. 뒷산이라고 해도 800미터나 되는 꽤 높은 산이다. 그런데 출발한 지 얼마 안 되어서 안개에 휩싸이며 시야가 나빠지기 시작했다. 안개는 우리를 앞질러서 올라갔다. 두 시간 가까이 걸었는데도 정상에 닿지 못하자 길을 잘못 든 건 아닌지 조난당한 건 아닌지 불안해졌다. 그래도 "전에 올라 본 적 있는데 괜찮아"라는 A의 말을 믿고 계속 올라갔다.

조금 평평한 곳에 이르러 잠시 휴식을 취하는데 순식간에 안개가 걷히며 환해졌다. 주변이 꽃으로 가득하고 정상이 바로 눈앞이라는 걸 깨달은 우리는 일제히 환호성을 지르며 정상을 향해 뛰어갔다.

산을 오를 때는 날씨가 나빠서 미처 보지 못했지만 하산하는 도중에 산나리가 무리 지어 피어 있는 곳을 발견했다. 안개가 걷힌 후 물기를 머금은 공기와 쨍하게 내리쬐는 여름 햇빛, 산나리의 달콤한 향기가 주변을 감쌌다. 아름다운 순백의 꽃잎, 짙은 초록빛으로 우거진 숲, 파란 하늘이 모두 꽃향기 속에 스며들어 계속해서 코끝에 맴돌았다. 산나리를 한자로 '백합百合'이라고 쓰는 것은 백 가지 향기가 섞여 있기 때문이라는 이야기를 들은 적이 있다. 꽃을 좋아하는 어머니에게 보여 주고 싶어서 꽃이 많이 달린 줄기를 하나 꺾어 돌아왔다. 꽃을 꽃병에 꽂으며 "향기가 좋네"라고 미소 짓는 어머니의 얼굴이 산나리 같았다.

자, 이제 소년의 모험담이 생생하게 되살아났다. 산나리가 밀집한 곳의 향기와 '백합'이라 불리는 유래도 추가했다. 산나리를 따다가 어머니에게 건네는 아이의 모습이 눈앞에 떠오른다.

자신의 경험과 그때의 상황을 잘 회상해 보자. 그 안에 글의 소재가 반드시 있다.

point

이야기에 살을 붙이려면
색깔, 냄새 같은 오감을 살리자.

○ 무엇을 쓸지 모를 때는
   경험을 떠올려 본다

무엇을 쓸지는 자신이 경험해 온 일에 내재되어 있다. 그렇다고 나이가 지긋하고 많은 경험을 한 사람이 꼭 유리한 것은 아니다. 예를 들면 '가족 간의 연결고리가 중요하다', '우정은 소중하다'는 주제로 글을 쓴다면 소중하다, 중요하다고 생각하는 마음이 드러났던 자신의 경험을 떠올려 보자.

예문 ──

아버지의 정년퇴직을 계기로 부모님은 오랫동안 살던 단독 주택을 팔고 아파트로 이사하기로 했다. 가족에게 큰 의미가 있어 어머니가 소중히 길러 오던 미니 장미를 두고 가기로 했다는 연락이 왔다.

오랫동안 살던 집이라면 가족과 관련 있는 일화가 한두 가지는 있을 것이다. 그것을 떠올려 본다. 꼭 '가족 간의 정'을 나타내는 이야기가 아니더라도 일상의 소소

한 사건부터 시작해 보자.

- 그 집에서는 몇 년 동안 살았나?
- 그 집은 어디에 있는가?
- 오랫동안 살던 집에는 어떤 추억이 있는가?
- 왜 소중히 기르던 미니 장미를 놔두고 가기로 했는가?

우선 오랫동안 살던 집에 얽힌 추억을 쓸 수 있다. 집을 대하는 가족의 마음을 구체적으로 묘사하고 나아가 어머니가 미니 장미를 소중히 기른 이유도 설명한다.

30년 전 아버지는 큰마음을 먹고 단독 주택을 한 채 장만했다. 아버지 회사까지 두 시간, 우리 형제도 학교까지 한 시간 반이나 걸리는 서울의 변두리 지역이었다. 그래도 어머니는 정원이 있는 집을 마음에 들어 했다. 정원에 꽃을 심고 작은 채소밭도 만들었다. 우리 형제는 아버지와 어머니의 결혼 25주년 기념으로 미니 장미 화분을 선물했다. 어머니는 볕이 제일 잘 드는 곳에 화분을 두고 살뜰히 보살폈다.

- 30년 전 아버지는 단독 주택을 한 채 장만했다.
- 서울의 변두리 지역이라 회사와 학교까지 가는 데 시간이 오래 걸렸다.
- 어머니는 정원이 있는 집을 마음에 들어 했다.
- 정원에 꽃을 심고 작은 채소밭도 만들었다.
- 부모님 결혼 25주년을 맞이해 형제는 미니 장미를 선물했다.

아버지가 집을 산 상황을 알 수 있으며 어머니가 정원을 소중하게 가꿔 온 사실이 드러났다. 어머니가 미니 장미 화분을 아끼는 이유는 아들 형제가 선물해 준 것이기 때문이었다. 장미 화분은 그 집에 살면서 정을 쌓아온 세월을 상징하는 일화다. 가족 간의 사랑이 자연스레 녹아들어 있다.

- 왜 아버지는 정년퇴직을 계기로 그 집을 팔기로 했는가?

- 이사한 아파트는 어디에 있는가?

이런 의문에 답하며 이야기를 이어 가 보자.

그러던 중 아버지는 회사를 퇴직했고 우리 형제도 직장인이 되어 집을 나와 살게 되었다. 어머니의 건강이 안 좋아져 정원을 가꾸기가 힘들어지자 부모님은 집을 팔고 도심의 편리하고 작은 아파트로 이사하기로 했다.

- 형제는 직장인이 되어 독립했다.
- 어머니 건강이 안 좋아져 정원을 돌보지 못하게 되었다.
- 도심의 아파트로 이사하기로 했다.

이것으로 이사한 이유가 분명해졌다. 자식들이 독립한 후 부부 둘이서 살기에는 집이 너무 넓으리라는 상황을 예측할 수 있다. 어머니는 어떤 심정으로 형제가 선물한 "미니 장미를 두고 가기로 했다"고 말했을까? 미니 장미는 어떻게 되었을지 차근차근 이어 나가자.

"너희가 선물한 미니 장미를 가져가려고 했더니 화분이 움직이질 않아"라며 어머니가 전화를 했다. 휴일에 집에 가 보니 미니 장미 화분 바닥에 난 구멍으로 뿌리가 자라 내려와 있었다. 뿌리가 땅에 넓게 퍼져 더 이상 화분이 아닌 상태였다. "가지고 가는 건 불가능하지 않을까?" 뿌리를 파내는 것도 보통 일이 아니어서 가지 몇 개를 꺾꽂이해서 새 집에 가지고 가기로 했다. 나머지는 정원에 남겨 둘 수밖에 없었다. 반년쯤 지난 어느 날, 어머니가 '또 꽃이 피었어'라는 메시지와 함께 사진을 보냈다.

- 어머니에게서 전화가 왔다.
- 미니 장미를 가져려고 했으나 화분이 움직이지 않았다.
- 화분 구멍에서 뿌리가 자라 나와 땅속 깊이 박혀 있었다.
- 파낼 수도 없는 상황이었다.
- 가지 몇 개를 꺾꽂이해서 가지고 가기로 했다.
- 반년쯤 지났을 때 어머니는 꺾꽂이한 미니 장미가 꽃을 피웠다고 알려 왔다.

이런 식으로 일화를 하나하나 덧붙였다. 그 후의 이야기가 있으면 나머지도 추가한다.

몇 년 후, 우연히 옛날 집 근처에 볼일이 생겨서 갔다가 장미가 어떻게 되었는지 궁금해 담장 너머로 들여다봤다. 새로운 집주인도 정원 가꾸기가 취미였는지 정원수가 말끔히 정돈되어 있었다. 나무 사이로 여전히 정원의 특등석을 차지하고 앉아 꽃을 활짝 피운 미니 장미가 보였다.

이사 이야기를 중심으로 가족의 변화를 묘사하고 있다. '가족은 정말 중요해요'라고 직접적으로 표현하는 대신 미니 장미 일화를 통해서 가족의 추억이나 감정을 공유할 수 있었다.

전체적으로 다시 읽어 보자.

교정 ⟶

30년 전 아버지는 큰마음을 먹고 단독 주택을 한 채 장만

했다. 아버지 회사까지 두 시간, 우리 형제도 학교까지 한 시간 반이나 걸리는 서울의 변두리 지역이었다. 그래도 어머니는 정원이 있는 집을 마음에 들어 했다. 정원에 꽃을 심고 작은 채소밭도 만들었다. 우리 형제는 아버지와 어머니의 결혼 25주년 기념으로 미니 장미 화분을 선물했다. 어머니는 볕이 제일 잘 드는 곳에 화분을 두고 살뜰히 보살폈다.

그러던 중 아버지는 회사를 퇴직했고 우리 형제도 직장인이 되어 집을 나와 살게 되었다. 어머니의 건강이 안 좋아져 정원을 가꾸기가 힘들어지자 부모님은 집을 팔고 도심의 편리하고 작은 아파트로 이사하기로 했다.

"너희가 선물한 미니 장미를 가져가려고 했더니 화분이 움직이질 않아"라며 어머니가 전화를 했다. 휴일에 집에 가 보니 미니 장미 화분 바닥에 난 구멍으로 뿌리가 자라 내려와 있었다. 뿌리가 땅에 넓게 퍼져 더 이상 화분이 아닌 상태였다. "가지고 가는 건 불가능하지 않을까?" 뿌리를 파내는 것도 보통 일이 아니어서 가지 몇 개를 꺾꽂이해서 새 집에 가지고 가기로 했다. 나머지는 정원에 남겨 둘 수밖에 없었다. 반년쯤 지난 어느 날, 어머니가 '또 꽃이 피었어'라는 메시지와 함께 사진을 보냈다.

몇 년 후, 우연히 옛날 집 근처에 볼일이 생겨서 갔다가 장미가 어떻게 되었는지 궁금해 담장 너머로 들여다봤다. 새로운 집주인도 정원 가꾸기가 취미였는지 정원수가 말끔히 정돈되어 있었다. 나무 사이로 여전히 정원의 특등석을 차지하고 앉아 꽃을 활짝 피운 미니 장미가 보였다.

가족의 마음과 상황의 변화를 집과 미니 장미를 매개로 잘 묘사했다. 정원의 특등석에 뿌리를 내린 미니 장미는 가족 간 사랑의 상징이다. 그것을 중심에 두고 글을 썼음을 알 수 있다. 수많은 소재 중에서 '쓰고 싶은 것'을 떼어 내서 깊이 파헤치는 것이다.

'가족 간의 사랑'이나 '가족은 소중하다'처럼 판에 박힌 소재로 글을 쓸 필요는 없다. 일상생활의 일화를 잘 도려내어 활용하는 것이 중요하다. 무엇을 쓸지를 명확히 정하고 써 나가자.

point

소중한 마음을 글로 표현할 때는
직접 경험한 일을 떠올려 보자.

4장

'틀'에 맞춰 글의 구조를 잡는다

글을 구성하는 방법: 기승전결

어느 정도 분량의 글을 무작정 쓰기 시작하는 것은 쉬운 일이 아니다. 서두, 중간, 마무리를 어떻게 풀어 갈지를 먼저 생각해야 한다. 글을 어떻게 써야 할지 고민된다면 '기승전결' 구성 방법을 적용해 보자.

제1장에서는 짧은 글에 '왜/어째서'라는 요소를 구체적으로 추가해서 어느 정도 길이의 글을 쓰는 방법을 살펴봤다. 이 장에서는 '기승전결'의 구성을 이용해서 1천 자 정도의 글을 함께 써 볼 것이다. 먼저 '기승전결'을 알아보도록 하자.

중국 당나라 시대에 완성된 시 형식으로 '절구'라는 구성 방법이 있다. 오언절구, 칠언절구라는 말을 들어본 적이 있을 것이다. 절구는 네 구로 구성되며, 한 구가 다섯 자인 것을 '오언절구', 일곱 자인 것을 '칠언절구'라고 한다.

절구의 1구를 '기', 2구를 '승' 3구를 '전', 그리고 4구를 '결'이라고 한다. '기'는 노래를 시작하고 '승'은 그것을 이어 가며 '전'은 장면을 돌려 전환하고 '결'에서 전체를 마무리하는 구성이다.

오언절구의 대표적인 시로 당나라 맹호연孟浩然의 〈춘효春曉〉를 꼽을 수 있다.

기   춘면불각효春眠不覺曉

   (봄잠에 취해 깨어나지 못하는데)

승   처처문제조處處聞啼鳥

   (여기저기 지저귀는 새소리가 들리네)

전   야래풍우성夜來風雨聲

   (간밤 비바람 소리가 들렸으니)

결   화락지다소花落知多少

　　(떨어진 꽃 수 없어라)

'기'에서 봄철의 새벽녘 상황을 노래하고 그것을 이은 '승'에서는 아침 정경을 보여 준다. '전'에서는 지금까지의 평화로운 상황에 앞서 거센 비바람이 몰아친 간밤을 회상하고 '결'은 비바람에 떨어진 꽃의 모습을 그리며 전체적으로 봄의 풍경을 환기시킨다.

이러한 한시의 구성 방법이 산문에도 쓰이기 시작한 것이다.

○ 왜 틀에 맞춰 써야 할까?

대학이나 회사에 들어갈 때 치르는 논술 시험에서 하얀 백지를 앞에 두고 어디서부터 시작해야 할지 몰라 망연자실한 적은 없는가? 기획서나 에세이를 쓸 때도 어느 정도의 분량을 써야 할지 감이 잡히지 않는다. 1천 자는 2백 자 원고지 다섯 장일 뿐인데도 끝없이 길게 느껴진다.

하지만 '기승전결' 네 부분으로 나누어 생각하면 당황스러움을 줄일 수 있다. 1천 자를 넷으로 나누면 한 부분에 250자씩이라고 계산되지만, 서두인 '기'는 100자 정도면 충분하다. 내용을 많이 써야 하는 승과 전은 각각 400자를 목표로 하고 마지막 결 또한 100자로 마무리하면 된다. 이것으로 1천 자의 글을 완성할 수 있다.

이는 어디까지나 참고 기준이다. '기'에서부터 핵심을 다룰 생각이라면 글자 수를 늘려도 상관없다. 내용에 따라 약간 늘리고 줄이더라도 기준을 정해 놓는 편이 글을 구성할 때 유용하다. 글을 못 쓴다는 사람 대부분은 구성을 생각지 않고 무작정 쓰기 시작한다. 서두 부분이 지나치게 길어져서 정해진 글자 수에 맞게 끝내지 못하거나 충분히 설명하지 못하고 급하게 마무리 짓는 경우가 생긴다.

갑자기 1천 자를 써야 한다고 생각하지 말고 작은 덩어리들을 연결한다고 생각하자. 1천 자라는 무한한 광야에 길이 보일 것이다.

○ 인상적인 부분부터 시작한다

"어떻게 시작하면 좋지?"

"무엇부터 써야 할지 모르겠어."

이렇게 글을 쓰기 시작하는 것 자체를 힘들어 하는 사람이 많다.

"봄이라면 벚꽃이 생각난다." "겨울을 소재로 어렸을 때 눈사람을 만들며 놀던 추억을 쓰고 싶다." 대개는 이런 식으로 글을 어떻게 시작할지 생각하곤 한다. '기승전결'의 '기'를 책의 머리말이나 편지의 날씨 관련 인사 같은 것이라고 생각하는 것이다. 하지만 그렇지 않다. 앞서 설명한 한시의 경우 제1구는 시의 전체적인 의미를 보여 주는 부분이므로 격조 높고 발상이 뛰어나야 한다. 그러나 이는 시인이 아닌 평범한 사람의 능력과 감각으로는 어려운 일이다. 다만 '전체적인 의미를 제기한다'는 점에 주목하자.

'봄'을 주제로 글을 쓴다면 각자 떠오르는 생각이나 인상적인 장면부터 써 본다. 사람마다 봄에 대한 생각이 다르기 때문이다. 그것이 글쓴이만의 감성이며 누구도 흉내 낼 수 없는 유일무이한 것이다. 문학 작품의 서두를 살펴보자.

봄은 동틀 녘이 좋다. 산 능선이 점점 하얗게 변하면서 조금씩 밝아지고 보라색 구름이 가늘게 깔린 풍경이 멋있다.

— 세이 쇼나곤, 『마쿠라노소시』

나는 고양이다. 이름은 아직 없다.

어디에서 태어났는지 도무지 알 수 없다.

아무튼 어둡고 축축한 곳에서 야옹야옹 울고 있었던 것만은 기억한다. 나는 그곳에서 처음으로 인간이라는 것을 봤다. 나중에 들으니 그것은 인간 가운데서도 가장 영악한 족속 '서생'이었다 한다.

— 나쓰메 소세키, 『나는 고양이로소이다』

꼬불꼬불 꼬부라진 길을 따라 마침내 아마기 고개에 가까워졌구나 싶었을 무렵 빗발이 울창하게 우거진 삼나무 숲을 뿌옇게 물들이면서 무서운 속도로 산기슭에서부터 나를 뒤쫓아 왔다.

— 가와바타 야스나리, 『이즈의 무희』

얼마나 간결하고 명쾌한 서두인가? 어려운 말은 하나도 쓰지 않았지만 앞으로 묘사될 내용까지 확실히 제시하고 있다. 당시의 상황과 심정을 객관적으로 썼을 뿐이지만 다음에 일어날 무언가를 기대하게 하는 힘이 있다.

일단 서두가 정해지면 다음에는 작은 주제를 이어 가면 된다. 우선 '기'의 부분에서 쓰고 싶은 주제나 일화를 적는다. 예를 들어 보자.

예문 1 ⟶

장거리 연애가 막을 내리려고 할 무렵 그가 아파트 평면도를 보내왔다. 3평짜리 방 하나, 1평 조금 넘는 부엌, 욕

조는 없고 세탁실은 실외에 있다.

확실하게 정보를 제시하고 있다. 이것으로 연인과 앞으로 함께 살 예정이라는 사실을 바로 알 수 있다. 또한 '이제부터 이 아파트에서 벌어지는 이야기가 전개되겠구나'라고 예상할 수 있다.

예문 2 ——

중학교 3학년 1학기에 예쁘고 공부 잘하는 여학생이 전학을 왔습니다. 남학생들이 그 아이를 보려고 그녀의 교실로 모여들었습니다.

이 글을 통해 남학생들이 들떠 있음을 알 수 있다. 독자는 전학생을 중심으로 이야기가 전개되리라는 사실을 짐작할 수 있다.

예문 3 ——

입안에 기분 좋게 퍼지는 술이 있다. 정종이라면 경주법

주, 소주라면 안동소주다. 자주 들르는 작은 식당에서 저녁을 먹으며 한잔 하기 좋다.

박자가 딱 맞는 글이다. 정종이나 소주가 어떤 맛인지를 여기서 다룰 필요는 없다. 이후에 '작은 식당'에서 어떤 드라마가 시작되리라는 사실을 충분히 알 수 있기 때문이다.

세 가지 서두는 모두 띄어쓰기를 포함해서 80자 정도다. 그 80자 안에 앞으로 어떤 문장이 전개될지, 무슨 이야기를 하려고 하는지 방향을 예측할 수 있다는 사실을 눈여겨보기 바란다. 이 점을 확실히 해 둬야 '승'도 원활하게 이어진다.

○ 일화는 가능한 많이!

'승'에서는 우선 큰 주제를 쓰기 시작한다. 예문 1에서는 두 사람이 함께 사는 아파트에서 생긴 일, 예문 2에서는 전학생 이야기, 예문 3은 작은 식당 이야기를 쓰면 된다. 글의 중심이 되는 부분이므로 충분히 설명해 준다.

그다음 '전'에는 '승'과 관련된 이야기나 보충할 사건 등을 쓴다. 말하자면 이야기의 반찬 정도로 생각하면 된다.

예문 1의 경우 '승'에서는 새로운 가구를 장만한 아파트에서 행복한 일상을 보내는 모습을 전개하고 이어지는 '전'에서 아파트 생활을 하며 생긴 문제를 쓸 수 있다.

예문 2의 '승'에서는 전학생과 같은 동아리인 덕분에 친구가 된 이야기가 소개되고 '전'에서 겨우 친해진 친구가 다시 멀리 있는 학교로 전학을 가게 된 내용이 이어질 수 있다.

예문 3은 작은 식당에서 다양한 사람들을 만나며 인생의 폭이 넓어진 이야기를 '승'에서 쓰고 '전'에서는 자신이 생각하는 인생을 보여 줄 수 있다.

'기'에 이어지는 일화를 '승'과 '전'에서 풀어내면 원고지 두세 장은 쉽게 채울 수 있다. 거듭 말하지만 '왜/어째서'라는 질문에 대답하는 느낌으로 써야 한다. 자세히 설명한다는 것은 '왜/어째서'라는 질문이 생기지 않도록 먼저 구체적이고 객관적으로 써 주는 것이다.

○ 마지막 한 줄까지 이야기를 이어 간다

'결'은 마무리다. 지금까지 설명했듯이 마지막까지 사실을 제대로 끌고 가야 한다. 일반적으로 '결'에서는 정리를 하려는 경향이 있다. 글쓴이가 쓰고 싶은 것, 감동한 것을 쓰다 보면 마지막에는 '감동했다', '좋았다', '즐거웠다', '슬펐다', '괴로웠다'와 같은 희로애락을 나타내는 말로 끝맺기 쉽다.

하지만 독자는 그러한 희로애락의 진상, 즉 '왜/어째서'를 알고 싶어 한다. 이야기의 진상을 쓰지 않으면 글을 잘 결론지을 수 없다. 따라서 마지막까지 희로애락의 감정을 가져온 사건이 어떤 내용이었는지를 써 나가야 한다. 끝까지 일화를 이어 가라는 말이다. 글쓴이의 마음을 실제 풍경과 비교해 색, 냄새, 소리를 통해 묘사하는 것도 하나의 방법이다.

어느 기차역과 관련된 추억을 쓴 글에서 마지막에 '○○역이여, 고마워'라든지, '□□역에 건배'라는 식으로 끝내지 말라는 것이다. 왜 고맙다고 생각하는지, 어째서 건배를 하고 싶은지를 마지막 한 줄까지 이어 나가는 것이다. 사실을 꼼꼼히 적어 가다 보면 반드시 어딘가에 도달한다.

다음 장에서는 실제로 기승전결을 사용한 글쓰기 과정을 차례차례 살펴보자.

벚꽃을 주제로
글을 쓴다면

논술 시험에서 '벚꽃'이라는 주제가 나오면 무엇을 어떻게 써야

할까? 어떻게 접근하고 이야기를 전개하면 좋을지 함께 생각해

보자.

앞에서 '기승전결'을 구성하는 방법을 살펴봤다. 이제

기승전결의 틀을 가지고 직접 글을 써 보도록 하자. 주

제는 '벚꽃'이다. 우선 벚꽃의 이미지를 메모한다.

　봄, 지다, 꽃잎이 떨어지다

여기서부터 다음과 같이 연상해볼 수 있다.

- 봄 → 따뜻함, 희망
- 지다 → 덧없음, 새잎이 나다
- 꽃잎이 떨어지다 → 화사함, 아름다움, 혹독한 현실

이외에 '꽃잎 하나', '줄기 한 자루' 같은 요소에 초점을 두면 전혀 새로운 이미지가 떠오를지도 모른다.

이미지를 연상했다면 '기승전결'의 골격을 구성해야 한다. 예를 들어 병원에 입원한 어머니 곁에 꽂아 둔 벚꽃이 피었다. 그런 상황을 바탕으로 병마와 싸우는 가족의 마음을 벚꽃의 이미지와 대응시키며 기승전결을 구성해 보자.

〈기〉 벚꽃이 피었다.

우선 벚꽃이 핀 모습에서 봄, 따뜻함 등을 생각할 수 있다.

〈승〉어머니가 처음으로 걸린 병이 암이었다.

꽃잎이 날리는 이미지는 병과 싸우는 혹독한 현실로 표현할 수 있다.

〈전〉어머니는 항암 치료를 받으며 누워 있었지만 아직 의식은 또렷했다.

투병하는 모습을 계속해서 써 나간다.

〈결〉병실의 벚꽃은 2월 어느 날 순식간에 활짝 피었다가 졌다. 꽃이 진 자리에서 새 잎이 나오고 있었다.

벚꽃이 지는 부분에서부터 '혹독하다', '덧없다'는 이미지를 벚꽃이 진 후에 잎이 나오는 '재생의 이미지'와 대비시켰다.

머리에 떠오른 것을 모두 메모해서 하나하나 정리해 가는 것이다. 처음부터 잘 쓰려고 할 필요는 없다. 빠진 것은 계속 보충하고 다시 써 가며 정리한다. 글쓰기는 그런 작업의 반복이다.

○ 가:
전체의 주제를 쓴다

벚꽃이 피었다.

▶ 벚꽃이 피는 모습에서 '봄', '따뜻함'을 생각한다.

2월의 어느 날, 어머니 병실에 놓아둔 벚꽃이 피었다.

'2월에 벚꽃이 피었다'는 서두는 의표를 찌른다. 벚나무는 대개 3월은 되어야 꽃을 피운다. 하지만 병실에서 벚꽃이 피었다. 어떤 상황일까?

• 벚꽃은 어디에 어떻게 놓여 있는가?
• 병실의 상태는 어떠한가?

이와 같은 의문이 떠오른다. 글을 정리하면서 이에 답해 보자.

창가 꽃병에 꽂아 둔 벚꽃 가지 하나. 2월인데도 작은 꽃봉오리가 맺혔다. 커튼 너머로 내리쬐는 햇볕이 어머니의 병실을 봄처럼 부드럽게 감싼다.

벚꽃을 '창가 꽃병에 꽂아 둔' 사실을 알 수 있다. 가지에는 작은 꽃봉오리가 맺혔고 병실을 비추는 햇볕은 봄처럼 부드럽다.

따스한 햇볕 속에서 '벚꽃은 활짝 피었는가?', '벚꽃은 어느 정도 피었는가?', 애초에 '누가 벚꽃 가지를 가지고 왔을까?' 같은 정보를 덧붙인다.

2월인데도 커튼 너머로 내리쬐는 햇볕이 어머니가 입원한 병실을 봄처럼 부드럽고 따스하게 감싸고 있다. 창가 꽃병에는 여동생이 이웃에게 받은 벚꽃 가지를 꽂아 두었다. 자세히 보니 작은 꽃봉오리가 천천히 기지개를 켜

듯 터지려 하고 있었다.

벚꽃을 묘사하기 전에 2월에도 따뜻한 봄기운이 가득한 병실의 상황을 전달하고 있다. 독자는 이 설명을 통해 전체 상황을 파악할 수 있다. 그리고 창가에 꽂아둔 벚꽃에 초점을 맞췄다. 그에 맞춰 문장을 추가하고 수정하기도 했다. 그래서 '여동생이 이웃에게서 받은' 벚꽃이라는 사실을 알 수 있다.

벚꽃이 어느 정도 피었는지도 단순히 '꽃봉오리가 터졌다'라고 하지 않고 '작은 꽃봉오리가 천천히 기지개를 켜듯이'라고 비유적으로 표현했다.

이러한 묘사는 어려울 수도 있는데, 부드러운 햇볕에 감싸여 '겨울잠에서 깨어나는' 벚꽃의 모습을 자기 자신으로 대체해서 생각해 보자. 봄날 일요일 아침, 따뜻한 이불 속에서 푹 자고 일어났을 때의 상황을 상상하면 분위기를 이해할 수 있지 않을까?

'벚꽃이 피었다'는 짧은 문장이 130자가 넘는 글이 됐다. 시점의 변화를 살펴보면 어머니 병실을 보는 전체적인 시각에서 창가의 꽃병으로 집중시킨다. 꽃병에는 벚꽃 가지 하나가 꽂혀 있고 더 자세히 보니 벚꽃의 꽃봉오리가 맺혀 있다는 식으로 순차적으로 접근해 들어간다. 서두를 완성했다면 계속 이어서 써 보자.

○ 승:
핵심을 명확하게 쓴다

어머니가 처음 걸린 병이 암이었다.

▶ 꽃잎이 떨어지는 이미지를 병과 싸우는 '혹독함'에 대비시킨다.

글의 물고를 여는 '기'를 쓰고 나면 이제 본론을 이어가야 한다. 우선 기억해야 할 것은 '하나의 문장에는 한 가지 내용만'이란 원칙이다. 보충할 필요가 있는 내용은 다음 문장으로 넘긴다. 이렇게 계속해 가면 제대로 된 글을 완성할 수 있다.

서두에 병실 풍경을 그렸으니 다음에는 '왜 어머니가 입원을 했을까?'에 초점을 맞춘다. 암이 '어머니가 처음 걸린 병'이라면 지금까지 다른 병에 걸린 적이 없었을까? 어떤 건강법을 실천하고 있었는지 궁금해진다. 어떤 암인지도 덧붙여 준다.

어머니는 3년 전 가을 건강 검진에서 폐암 진단을 받았다. 계속 마른기침이 나서 이상하게 생각했다고 한다. 어머니는 고작해야 일 년에 한 번 감기에 걸릴까 말까 할 정도로 큰 병을 앓은 적이 없었다. 그래서 그때도 가벼운 감기일 것이라고 생각했다. 평소 식생활에 신경을 많이 써서 화학조미료는 거의 쓰지 않는다. 일주일에 두 번 헬스장에도 다니고 있었다. 더구나 담배를 피운 적도 없었다. 그야말로 평생 처음 병에 걸렸는데 그게 암이었던 것이다.

'3년 전 건강 검진에서 폐암이 발견되었다', '큰 병을 앓은 적이 없다', '식생활에 신경 쓰며 꾸준히 운동도

했다'는 사실을 알 수 있었다. '처음 걸린 병이 암이었다'는 점도 기억해 두자.

'기'에서 '승'으로 옮겨 갈 때 시점이 바뀐 사실에 주목하자. 전체 병실의 모습에서 창문으로, 그리고 거기에 놓인 꽃병으로 시점이 이동했다. 그다음 꽃병에 꽂힌 벚꽃 가지에 다가가 꽃봉오리가 피기 시작한 모양을 묘사했다.

'승'에서는 시점이 더 변화해 어머니의 병을 설명하고 있다. 식생활에 신경을 쓰고 정기적으로 운동도 하던 어머니가 처음으로 걸린 병이 폐암이었다는 사실을 밝혔다.

그럼 폐의 어디에 암이 생겼는지, 수술을 했는지 등 3년 전에 발견한 폐암의 치료 과정을 전개해 간다. 퇴원하지 않고 계속 입원하고 있는지 같은 투병 이야기도 덧붙인다.

암이 기관지 근처에 생겨 적출 수술은 불가능했다. 항암제가 효과가 있어서 일단 퇴원했지만 얼마 지나지 않아 뇌로 전이됐다. 방사선 치료를 몇 번 반복하면서 어머니는 말을 하지도 움직이지도 못하게 되었다. 3개월이 지나자 병원에서 병상이 부족하다며 집에서 요양하기를 권했다.

폐암이 기관지 근처에 생겨 수술을 할 수 없었으며 일단 퇴원했지만 바로 뇌로 전이됐다, 방사선 치료를 반복하다가 몸져눕고 말았다, 퇴원 조치가 내려졌다는 사실 등을 추가했다.

- 집에서 요양하라고 했던 것은 언제인가, 그리고 경과는 어땠는가?

이어서 발생한 일을 추가해 보자.

암이 기관지 근처에 생겨 적출 수술은 불가능했다. 항암제가 효과가 있어서 일단 퇴원했지만 얼마 지나지 않아 뇌로 전이됐다. 방사선 치료를 몇 번 반복하면서 어머니는 말을 하지도 움직이지도 못하게 되었다. 3개월이 지나자 병원에서 병상이 부족하다며 집에서 요양하기를 권했다. 병원 마음대로라 화가 났지만 어머니가 집에 가고 싶어 해서 생각을 고쳐먹고 퇴원한 것이 작년 8월이었다.

어머니의 발병에서 입원, 그리고 자택 요양까지의 경위 등을 잘 설명했다. 그런데 이후에 다른 변화가 생긴다. 그것은 '전'에서 계속 이어 갈 것이다.

○ 전:
이야기를 한 단계 더 발전시킨다

항암 치료로 움직이지 못하게 된 어머니는 그래도 의식은 또렷했다.

▶ 투병 상황을 계속해서 써 나간다.

'승'에서 살을 붙인 이야기를 '전'에서는 관점을 바꾸어 변화를 주거나 화제를 더 전개해 나간다. 그래서 산문에서는 '전'을 한자로 '회전할 전轉'이 아니라 '나아갈 전展'이라고 표기할 때도 있다. '승'과 '전'은 이야기의 핵심을 다루는 부분이다. 따라서 최대한 상세히 쓰도록 한다.

집에 돌아온 후 어머니의 상태는 어땠을까? 그 이야기를 이어 가 보자. 어머니는 말을 잃고 움직이지 못했다. 그 후의 경과를 자세히 쓰도록 한다.

말도 못하고 누워만 있지만 어머니는 의식이 또렷했다. 하지만 소변이 잘 나오지 않게 되면서 점차 상태가 눈에 띄게 나빠졌다. 간호를 맡은 아버지와 여동생도 피로가 쌓여 갔다. 결국 그해가 저물어 갈 무렵 다시 입원을 했다. 어머니는 눈을 뜰 수도 없는 상황이었다. 방광에 연결한 튜브에서 녹색 소변이 흘러나왔다. 의사는 "길어야 한 달"이라고 말했다.

퇴원 당시는 어머니의 의식이 또렷했다. 소변이 잘 나오지 않게 된 후부터 상태가 급격하게 악화됐다. 아버지와 여동생도 간호하느라 피로가 누적되었다. 다시 입원을 하게 된 내용을 추가했다. 녹색 소변은 사실적인 묘사로 현실감을 더했다. 색이나 소리, 냄새와 관련된 상황을 문장에 넣으면 입체감이 살아난다. 여기에 다음 한 가지 내용을 더 추가할 수 있다.

상태가 악화된 것은 언제부터인가?

말도 못하고 누워만 있지만 어머니는 의식이 또렷했다. 하지만 가을쯤부터 소변이 잘 나오지 않게 되면서 점차 상태가 눈에 띄게 나빠졌다. 간호를 맡은 아버지와 여동생도 피로가 쌓여 갔다. 결국 그해가 저물어 갈 무렵 다시 입원을 했다. 어머니는 눈을 뜰 수도 없는 상황이었다. 방광에 연결한 튜브에서 녹색 소변이 흘러나왔다. 의사는 "길어야 한 달"이라고 말했다.

다시 입원한 부분에서부터 계속 이어 가 보자. "길어야 한 달"이라는 말을 들은 가족의 심경이나 어머니의 상태를 중심으로 써 본다.

어느 날, 간호사가 어머니 겨드랑이 밑을 꼬집었다. "아얏!" 어머니는 놀랄 만큼 큰 소리를 질렀다. "어머, 죄송해요. 아프셨군요." 간호사는 반응을 확인한 것이라고 말했다. 본능적인 잠재의식이 살아 있어서 소리를 지른 것이었다. 계속 움직이거나 말하지 못하고 심지어 눈도 뜨지 못하던 어머니의 의식이 아직 남아 있다는 증거였다.

며칠 후, 여동생이 벚꽃 가지를 가져왔다. "적어도 벚꽃이 필 때까지는…"이라며 어머니의 손을 살짝 잡았다. 벚꽃 봉오리는 아직 작고 딱딱했다.

간호사가 어머니의 겨드랑이 밑을 꼬집자 어머니가 큰 소리로 반응했다는 이야기다. 말도 못하고 눈도 뜨지 못하게 되었지만 의식이 없는 것은 아니었다.

시한부 판정을 받고 나서 조금이라도 오래 버텨 주기

를 바라는 마음을 "적어도 벚꽃이 필 때까지는…"이라는 말로 표현했다. '벚꽃 봉오리는 아직 작고 딱딱했다'는 문장에서 그 간절함이 잘 드러난다.

자, 드디어 '결'이다.

○ 결:
사실을 적어 자연스럽게 정리한다

> 병실의 벚꽃은 2월의 어느 날 순식간에 활짝 피었다가 졌다.
>
> 꽃이 진 자리에서 새 잎이 나오고 있었다.
>
> ▶ 벚꽃이 지는 이미지로 '혹독하다' 또는 '덧없다'라고 느끼는 마음을 표현한다.

'결'은 마무리다. 결론 없이 글을 마칠 수는 없다. 쓰고자 하는 내용에도 반드시 종착점이 있을 것이다. 글을 어떻게 끝맺느냐에 따라 독자가 '과연 그렇구나'라며 동의하거나 쿡쿡 웃기도 하고 '어라?'하고 놀라기도 한다.

그만큼 마무리를 어떻게 해야 할지는 늘 고민스럽다. 결말을 어떻게 내야 할지 몰라서 꼬리 잘린 뱀처럼 끝나기도 하고 애초의 계획과는 다른 방향으로 흘러가기도 한다.

자연스럽게 결론에 이르려면 어떻게 해야 할까?

글을 끝내기 위해 무리하게 결론을 짓거나 관념적으로 얼버무려서는 안 된다. 직접적인 감정 표현을 할 필요도 없다.

글의 서두에 앞으로 쓸 주제에 대해 가장 하고 싶은 이야기, 제일 인상적인 부분을 먼저 쓰라고 했다. 하고 싶은 말을 먼저 한 후에 그에 맞춰 이야기를 진행해 나가는 방식이다. 따라서 이미 서두에 전하고 싶은 메시지가 나왔으므로 마지막에 억지로 멋진 말을 써서 마무리할 필요가 없다. 또한 상투적인 표현을 쓰면 오히려 글을 읽는 맛이 줄어들 수 있다. 따라서 끝까지 다양한 일화를 소개하는 편이 좋다.

여동생이 병실에 가지고 온 벚꽃 가지에는 '사실 날이 한 달밖에 남지 않은 어머니가 적어도 봄까지는 살아 계시면 좋겠다'는 마음이 담겨 있다. '기'의 부분에서 다음과 같은 문장이 있다.

2월인데도 커튼 너머로 내리쬐는 햇볕이 어머니가 입원한 병실을 봄처럼 부드럽고 따스하게 감싸고 있다.

'기'에서 병실의 상황을 묘사하고 '승'은 시간을 거슬러 올라가 어머니가 병에 걸린 시점의 이야기를 다뤘다. '전'은 어머니의 용태가 급변하는 상황을 풀어냈다. 이제 '결'에서는 서두와 연결해 다시 현재, 2월의 병실로 돌아간다. 벚꽃이 피기까지의 시간이 어머니에게 남은 시간과 겹쳐진다.

마지막에 '어머니, 지금까지 감사했습니다'라는 문장을 쓰면 안 된다는 말은 아니다. 어머니에게 감사를 전하려는 마음은 충분히 이해할 수 있다. 하지만 문장의 마무리로는 유치하다. '감사합니다'라고 직설적으로 감정을 표현하지 말고 끝까지 객관적인 입장을 유지하는 게 좋다. 그래야 독자는 각자의 경험에 맞게 감정의 실타래를 풀어 나갈 수 있다.

2월 초, 병실의 벚꽃이 눈 깜짝할 사이에 활짝 피었다. 어머니는 벚꽃이 필 때까지만 살아 계셔 달라는 우리의 바람을 아셨을까? 벚꽃이 완전히 지기를 기다려 조용히 숨을 거두셨다.

장례를 마치고 집으로 돌아갈 준비를 하면서 창가로 눈을 돌렸다. 벚꽃 가지에는 작은 연녹색 잎이 얼굴을 내밀고 있었다.

주관적인 감정을 싣지 않고 오로지 사실만으로 문장을 연결했다.

2월의 따스한 병실에서 벚꽃이 피었다가 서서히 진다. 거기에 어머니의 죽음이 중첩된다. 그리고 꽃이 진 후 가지에 새 잎이 돋아났다는 사실을 통해 희망의 메시지를 전했다. 벚꽃 가지의 변화를 눈치채느냐 마느냐에 따라 마무리는 전혀 달라졌을 것이다. 글 쓰는 데 관찰이 얼마나 중요한지 잘 보여 주는 사례다.

죽음과 재생이 주는 메시지를 통해 어쩌면 독자는 말을 잃은 어머니와 주고받은 무언의 대화를 느낄 수도 있을 것이다. 글쓴이의 시각과 다르더라도 독자는 자신만의 상상의 날개를 펼 수 있다. 이것이 경험한 것을 자세히, 그리고 구체적으로 적는 이유다.

이제 처음부터 글 전체를 읽어 보자.

2월인데도 커튼 너머로 내리쬐는 햇볕이 어머니가 입원한 병실을 봄처럼 부드럽고 따스하게 감싸고 있다. 창가 꽃병에는 여동생이 이웃에게 받은 벚꽃 가지를 꽂아 두었다. 자세히 보니 작은 꽃봉오리가 천천히 기지개를 켜듯 터지려 하고 있었다.

어머니는 3년 전 가을 건강 검진에서 폐암 진단을 받았다. 계속 마른기침이 나서 이상하게 생각했다고 한다. 어머니는 고작해야 일 년에 한 번 감기에 걸릴까 말까 할 정도로 큰 병을 앓은 적이 없었다. 그래서 그때도 가벼운 감기일 것이라고 생각했다. 평소 식생활에 신경을 많이 써서 화학조미료는 거의 쓰지 않는다. 일주일에 두 번 헬스장에도 다니고 있었다. 더구나 담배를 피운 적도 없었다. 그야말로 평생 처음 병에 걸렸는데 그게 암이었던 것이다.

암이 기관지 근처에 생겨 적출 수술은 불가능했다. 항암제가 효과가 있어서 일단 퇴원했지만 얼마 지나지 않아 뇌로 전이됐다. 방사선 치료를 몇 번 반복하면서 어머니는 말을 하지도 움직이지도 못하게 되었다. 3개월이 지나자 병원에서 병상이 부족하다며 집에서 요양하기를 권했다. 병원 마음대로라 화가 났지만 어머니가 집에 가고 싶어 해서 생각을 고쳐먹고 퇴원한 것이 작년 8월이었다.

말도 못하고 누워만 있지만 어머니는 의식이 또렷했다. 하지만 가을쯤부터 소변이 잘 나오지 않게 되면서 점차 상태가 눈에 띄게 나빠졌다. 간호를 맡은 아버지와 여동생도 피로가 쌓여 갔다. 결국 그해가 저물어 갈 무렵 다시 입원을 했다. 어머니는 눈을 뜰 수도 없는 상황이었다.

방광에 연결한 튜브에서 녹색 소변이 흘러나왔다. 의사는 "길어야 한 달"이라고 말했다.

어느 날, 간호사가 어머니 겨드랑이 밑을 꼬집었다. "아얏!" 어머니는 놀랄 만큼 큰 소리를 질렀다. "어머, 죄송해요. 아프셨군요." 간호사는 반응을 확인한 것이라고 말했다. 본능적인 잠재의식이 살아 있어서 소리를 지른 것이었다. 계속 움직이거나 말하지 못하고 심지어 눈도 뜨지 못하던 어머니의 의식이 아직 남아 있다는 증거였다.

며칠 후, 여동생이 벚꽃 가지를 가져왔다. "적어도 벚꽃이 필 때까지는…"이라며 어머니의 손을 살짝 잡았다. 벚꽃 봉오리는 아직 작고 딱딱했다.

2월 초, 병실의 벚꽃이 눈 깜짝할 사이에 활짝 피었다. 어머니는 벚꽃이 필 때까지만 살아 계셔 달라는 우리의 바람을 아셨을까? 벚꽃이 완전히 지기를 기다려 조용히 숨을 거두셨다.

장례를 마치고 집으로 돌아갈 준비를 하면서 창가로 눈을 돌렸다. 벚꽃 가지에는 작은 연녹색 잎이 얼굴을 내밀고 있었다.

'기승전결'의 틀을 사용하여 사실을 하나씩 추가하고 부족한 부분을 보충하는 것만으로도 이렇게 긴 글이 완성되었다. 약 1,200자의 글이다. 이처럼 써야 할 내용을 명확히 해 가면 문장을 계속 연결할 수 있다.

이제 직접 써 볼 차례다.

완성한 글은
반드시 다시 확인한다

원고를 쓰고 나서 얼마간의 시간이 지난 후에 다시 읽어 보자. 처음에는 좋아 보였던 문장도 시간이 지나 다시 읽어 보면 설명이 부족하거나 전체적인 균형이 맞지 않는다는 사실을 깨달을 때가 있다.

지금까지 조금씩 글을 길게 쓰는 방법을 살펴보았다. 처음에는 고작 1백 자도 쓸까 말까였지만 점점 2백 자, 4백 자, 6백 자로 길어졌다. 그리고 '기승전결'의 틀을 사용해서 1천 자가 넘는 글을 쓰는 과정을 하나하나 함께 했다.

마지막으로 중요한 작업이 있다. 바로 퇴고와 교정이다.

퇴고는 중국 당나라 때 가도라는 시인이 지은 '승고월하문僧敲月下門(스님은 달 아래 문을 두드리네)'이라는 시에서 비롯됐다. 가도는 두드릴 고敲를 그대로 쓸지 '밀다'라는 뜻의 퇴推로 바꿀지 고심했다고 전해진다. 결국 당시의 정치가이자 시인인 한유의 권유로 '고' 자로 결정했다. 이 중국 고사에서 유래한 '퇴고'라는 말은 글을 쓸 때 더 좋은 단어나 표현을 생각해 내는 일을 일컫게 되었다.

단어나 표현 자체를 선택하는 것뿐 아니라 완성된 원고를 다시 읽어 보고 더 이해하기 쉬운 문장으로 다듬어가는 것도 '퇴고'라 할 수 있다. 글의 전체적인 구조를 다시 확인하는 중요한 작업이다. 실수를 방지하고 글의 완성도를 높이기 위해서라도 글을 쓰고 나면 반드시 퇴고하는 습관을 길러야 한다.

⊙ 실수는 예상치 못한 곳에 숨어 있다

처음 글을 쓰기 시작할 때는 글쓴이가 말하고 싶은 것, 전하고 싶은 것에서 출발했다. 그 메시지를 중심으로 자신의 경험을 구체적으로 연결해서 글을 마무리했다. 글을 쓰며 흔히 놓치곤 하는 점은 '글은 읽히기 위해 쓰는 것이다'라는 당연한 사실이다. 따라서 글을 완성하면 읽는 사람의 입장에서 주의해서 다시 한 번 읽어 봐야 한다.

1. 혼자만의 생각에 너무 빠지지는 않았는가?
2. 글쓴이가 머릿속에 그린 정경을 처음 읽는 사람도 알 수 있도록 설명했는가?
3. 이해하기 쉬운 구성인가?
4. 글자 수는 맞는가?

또한 오자나 탈자, 불필요한 단어는 없는지, 잘못된 정보를 넣지는 않았는지, 독자에게 불쾌한 느낌을 주는 표현을 쓰지는 않았는지도 점검하자.

　퇴고와 교정은 어느 것을 먼저 하든 상관없다. 하지만 일단 고치고 나면 다시 확인해야 한다. 고친 부분으로 인해 앞뒤가 어긋날 때가 많기 때문이다. '교정은 또 교정을 낳는다'는 사실을 기억해야 할 것이다. 다음의 예문을 통해 퇴고를 연습해 보자.

예문 ──

①15년 전, 어느 월요일 아침 "잘 다녀와!"라고 현관 앞에서 남편과 아이들을 배웅했다. 남편과 아들은 각각 양복과 보이스카우트 제복을, 딸은 하늘색 걸스카우트 제복을 입었다. 아이들이 태어난 후 나는 남편, 그리고 초등학교와 유치원에 다니는 아이들을 배웅하고 나면 집안일뿐인 하루하루였다.

　그러나 그날 아침 고요해진 현관에서 문득 이런 생각이 들었다. 나만 아무것도 안 하는구나. 사회와 단절되어 있어. 그러자 갑자기 너무 밖에 나가고 싶어졌다.

②그림에 흥미가 있던 나는 한 문화센터에서 '파스텔화'라는 리드미컬한 이름의 그림 교실을 발견하고 견학을 갔는데, 교실 문을 연 순간 선생님의 온화한 미소와 '파스텔'이라는 이름대로 밝은 분위기가 한눈에 나를 사로잡았다.

선생님이 시범으로 그림을 그려 주었는데, 파랗게 칠한 부분을 지우개로 호빵 두 개를 나란히 놓은 것처럼 하얗게 지우고 색연필로 눈과 입을 그렸더니 눈사람이 되었다. 잘못 그려도 지울 수 있다면 나도 할 수 있을 것 같은 생각이 들어 바로 등록했다. 이것이 내가 그림을 그리기 시작한 계기다.

③처음에는 엽서 두 장 정도 크기의 종이에 레몬을 그렸다. 선명한 노란색으로 레몬 모양을 그리고, 빛이 반사되는 부분을 지우개로 지운다. 꼭지 부분은 황록색, 절단면에는 연갈색, 그리고 그림자를 그려 넣어 완성했다. 선생님의 칭찬을 받은 나는 '뭐야, 쉽잖아?'라며 만족감에 젖어 열심히 그림을 배우러 다녔다. 매년 12월이 되면 연하

장에 다가올 해에 맞는 12간지를 그려 보냈다. 12간지를
전부 그렸을 즈음 이사를 해서 아쉽게 파스텔화 교실은
그만두었지만, 그 후 수묵화를 배웠고 지금은 콧날이 오
뚝한 석고상을 바라보며 데생을 하고 있다.

④ 그때의 '잘 다녀와' 다음의 후회와 결심이 있었기 때문
에 지금의 내가 있다고 생각한다.

○ 오해가 없도록
표현했는가?

① 부분에서 '현관 앞에서 남편과 아이들을 배웅했다'라
는 표현을 보자. 이렇게 쓰면 주어가 '나' 또는 '나와 남
편'이 될 수 있다.

　① 나는 남편과 아이들(아들과 딸) 세 사람을 배웅했다.
　② 나와 남편은 아이들(아들과 딸)을 배웅했다.

바로 다음 문장에 '남편과 아들은 각각 양복과 보이스 카우트 제복, 딸은 하늘색 걸스카우트 제복'이라는 설명이 있어서 ①에 해당한다는 사실을 알 수 있다. 그래도 어떻게 해야 좀 더 오해가 생기지 않도록 바꿀 수 있을까?

'나는 현관 앞에서' 뒤에 쉼표를 찍어줄 수 있다. 그러면 다음에 나오는 '남편과 아이들'과 사이에 거리가 생겨 헷갈리지 않는다.

두 번째 단락을 보자. '남편, 그리고 초등학교와 유치원에 다니는 아이들을 배웅하고 나면 집안일뿐인 하루하루였다'라는 표현이 있다. 남편이 어디에 가는지는 명시하지 않았다.

① 남편의 출근길을 배웅하고 난 후에 초등학교와 유치원에 다니는 아이들을 배웅했다.
② 남편이 아이들을 초등학교와 유치원에 데려다 주러 갔다.

위와 같이 두 가지로 해석할 수 있다. 글쓴이는 남편

이 당연히 회사에 간다는 전제에서 썼을 것이다. 물론 독자도 상식적으로 글쓴이의 의도를 이해할 것이지만 오해를 불러일으킬 수도 있으니 분명하게 설명해 줘야 한다.

'회사에 가는 남편, 초등학교와 유치원에 다니는 아이들을 배웅하고 집안일을 하는 하루하루가 이어졌다'

이렇게 하면 '회사에 가는 남편, 초등학교와 유치원에 다니는 아이들'이 있다는 사실이 확실해진다. 또한 '집안일뿐인 하루하루'는 '집안일을 하는 하루하루'로 수정했다. 아래에 '아무것도 안 한다'는 표현이 있어서 '한다'는 동사를 사용했다.

그러면 ①을 다시 써 보자.

"잘 다녀와!"

15년 전, 어느 월요일 아침 나는 현관 앞에서, 남편과 아이들에게 인사했다. 남편과 아들은 각각 양복과 보이스카우트 제복을, 딸은 하늘색 걸스카우트 제복을 입었다. 아이들이 태어난 후 회사에 가는 남편, 초등학교와 유치원에 다니는 아이들을 배웅하고 집안일을 하는 하루하루가 이어졌다.

그러나 그날 아침 고요해진 현관에서 문득 이런 생각이 들었다. '나만 아무것도 안 하는구나. 사회와 단절되어 있어.' 그러자 갑자기 너무 밖에 나가고 싶어졌다.

가족에게 인사하는 아내의 활기찬 목소리가 현관에 울려 퍼지는 평화로운 일상을 보여 주기 위해 '잘 다녀와!'라는 말을 상징적으로 떼어 놓았다.

그럼으로써 다음 문장의 '그러나 그날 아침 고요해진 현관에서 문득 이런 생각이 들었다. 나만 아무것도 안 하는구나. 사회와 단절되어 있어'가 대비되어 지금까지와 다른 생각이 싹트는 순간을 강조할 수 있다. 중요한 단어나 대사를 앞으로 가져오는 것만으로도 글 전체가 활기를 띤다.

○ **문장은**
   간결하게

이번에는 ②를 점검해 보자.

그림에 흥미가 있던 나는 한 문화센터에서 '파스텔화'라
는 리드미컬한 이름의 그림 교실을 발견하고 견학을 갔
는데, 교실 문을 연 순간 선생님의 온화한 미소와 '파스
텔'이라는 이름대로 밝은 분위기가 한눈에 나를 사로잡
았다.

한 문장이 상당히 길며 두 가지의 내용이 들어 있다.

① 그림에 흥미가 있던 나는 그림 교실을 발견하고 견학을
   갔다.
② 선생님의 미소와 파스텔이란 이름처럼 밝은 분위기가
   한눈에 나를 사로잡았다.

이 두 가지 내용을 '견학을 갔는데'의 '-ㄴ데'로 연결

했다. 여기서 '-ㄴ데'는 상반되는 내용을 대비시키는 역접이 아니라 단순히 이어 주는 역할밖에 하지 않는다. '하나의 문장에는 한 가지 내용만' 있으면 충분하다. 그러므로 이 문장은 둘로 나누는 편이 낫다. 그다음 문장의 '-ㄴ데'도 마찬가지다.

선생님이 시범으로 그림을 그려 주었는데, 파랗게 칠한 부분을 지우개로 호빵 두 개를 나란히 놓은 것처럼 하얗게 지우고 색연필로 눈과 입을 그렸더니 눈사람이 되었다.

여기도 두 가지 내용이 들어 있다.

① 선생님이 시범으로 그림을 그려 주었다.
② 파랗게 칠한 부분을 지우개로 하얗게 지우고 눈과 입을 그렸더니 눈사람이 되었다.

이어서 다음 문장 '이것이 내가 그림을 그리게 된 계기다'는 틀린 곳은 없다. 하지만 '그림을 그리는 계기'

만으로는 감정의 흐름이 충분히 표현되지 않았다. 이 부분을 '그림에 입문한 첫걸음이었다'라고 바꿔 주면 더 능동적인 표현이 된다. 모두 종합해서 ②를 다시 써 보자.

그림에 흥미가 있던 나는 한 문화센터에서 '파스텔화'라는 리드미컬한 이름의 그림 교실을 발견하고 견학을 갔다. 교실 문을 연 순간 선생님의 온화한 미소와 '파스텔'이라는 이름처럼 밝은 분위기가 한눈에 나를 사로잡았다. 선생님이 시범으로 그림을 그려 주었다. 파랗게 칠한 부분을 지우개로 호빵 두 개를 나란히 놓은 것처럼 하얗게 지우고 색연필로 눈과 입을 그렸더니 눈사람이 되었다.

잘못 그려도 지울 수 있다면 나도 할 수 있을 것 같은 생각이 들어 바로 등록했다. 이것이 내가 그림에 입문한 첫걸음이었다.

○ 쓰지 않아도 아는 부분은 생략한다

다음은 ③을 체크해 보자.

'엽서 두 장 크기의' 종이라는 말에서 명백히 크기를 나타냄을 알 수 있다. 이 경우 '엽서 두 장만 한 종이'라고 하면 충분하지 않을까?

'꼭지 부분은 황록색, 절단면에는 연갈색, 그리고 그림자를 그려 넣어 완성했다'는 부분을 유심히 보자. '황록색'과 '연갈색'을 '완성했다'라는 서술어로 받았기 때문에 주술 관계가 호응하지 않는다. '꼭지 부분은 황록색, 절단면은 연갈색으로 칠한 후 그림자를 그려 넣어 완성했다.'

이렇게 하면 '칠하다'라는 동사가 서술어가 되어 앞의 주어와 호응한다.

'아쉽게 파스텔화 교실을 그만두었지만, 그 후 수묵화를 배웠고' 역시 두 개의 문장으로 나눠 주는 편이 낫다. 그럼 교정 사항을 반영해서 ③을 다시 써 보자.

처음에는 엽서 두 장만 한 종이에 레몬을 그렸다. 선명한 노란색으로 레몬 모양을 그리고 빛이 반사되는 부분을 지우개로 지운다. 꼭지 부분은 황록색, 절단면은 연갈색으로 칠한 후 그림자를 그려 넣어 완성했다. 선생님의 칭찬을 받은 나는 '뭐야, 쉽잖아?'라며 만족감에 젖어 열심히 그림을 배우러 다녔다. 매년 12월이 되면 연하장에 다가올 해에 맞는 12간지를 그려 보냈다. 12간지를 전부 그렸을 즈음 이사를 하는 바람에 아쉽게도 파스텔화 교실을 그만두었다. 하지만 그 후 수묵화를 배웠고 지금은 콧날이 오뚝한 석고상을 바라보며 데생을 하고 있다.

○ 말의 의미에 유의하기

끝으로 ④의 문장을 검토해 보자.

그때의 '잘 다녀와' 다음의 후회와 결심이 있었기 때문에 지금의 내가 있다고 생각한다.

솔직한 감상이 호감을 주는 마무리다. '잘 다녀와'를 반복해서 서두에 '잘 다녀와!'와 상응하는 효과가 있다. ①의 서두 부분을 기억하는가?

"잘 다녀와!"

15년 전, 어느 월요일 아침 나는 현관 앞에서, 남편과 아이들에게 인사했다. 남편과 아들은 각각 양복과 보이스카우트 제복을, 딸은 하늘색 걸스카우트 제복을 입었다. 아이들이 태어난 후 회사에 가는 남편, 초등학교와 유치원에 다니는 아이들을 배웅하고 집안일을 하는 하루하루가 이어졌다.

그러나 그날 아침 고요해진 현관에서 문득 이런 생각이 들었다. '나만 아무것도 안 하는구나. 사회와 단절되어 있어.' 그러자 갑자기 너무 밖에 나가고 싶어졌다.

이렇게 교정했었다. ①의 "잘 다녀와!"가 ④에서는 '잘 다녀와'로 바뀐 사실에 주목하자. 심정적인 변화를 엿볼 수 있지 않은가?

맨 처음의 "잘 다녀와!"는 보통 가족을 활기차게 배웅할 때 하는 말이다. 그러나 이 대사가 15년 전 어느 날 아침을 계기로 변화한다. 전업주부인 아내가 사회로 나가는 가족의 뒷모습을 보며 홀로 뒤처졌다는 고독감을 느꼈던 것이다. 아내의 심경이 절절하게 담겨 있다.

그러나 그림 교실을 통해 밖으로 한 발을 내딛은 후 '잘 다녀와'는 아내에게 다른 의미를 갖기 시작한다. 마지막의 '잘 다녀와'는 아내 스스로에게 힘을 주는 강력한 응원이 되었던 것이다. 하나의 대사를 사용해 마음의 변화를 드러내는 흥미로운 마무리다.

이렇듯 단어가 가진 의미를 추적하면, 그에 맞춰 문장의 구성으로 교정할 수 있다. 그럼 ④를 다시 써 보자.

오래전 그날의 고요했던 현관은 나를 앞으로 움직이게 해 준 한 줄기 빛이었다. 그리고 가족에게 하는 일상적인 인사는 스스로에게 힘을 주는 응원으로 바뀌었다.

'잘 다녀와.'

처음부터 연결해서 읽어 보자.

"잘 다녀와!"

　15년 전, 어느 월요일 아침 나는 현관 앞에서, 남편과 아이들에게 인사했다. 남편과 아들은 각각 양복과 보이스카우트 제복을, 딸은 하늘색 걸스카우트 제복을 입었다. 아이들이 태어난 후 회사에 가는 남편, 초등학교와 유치원에 다니는 아이들을 배웅하고 집안일을 하는 하루하루가 이어졌다.

　그러나 그날 아침 고요해진 현관에서 문득 이런 생각이 들었다. '나만 아무것도 안 하는구나. 사회와 단절되어 있어.' 그러자 갑자기 너무 밖에 나가고 싶어졌다.

　그림에 흥미가 있던 나는 한 문화센터에서 '파스텔화'라는 리드미컬한 이름의 그림 교실을 발견하고 견학을 갔다. 교실 문을 연 순간 선생님의 온화한 미소와 '파스텔'이라는 이름처럼 밝은 분위기가 한눈에 나를 사로잡았다. 선생님이 시범으로 그림을 그려 주었다. 파랗게 칠한 부분을 지우개로 호빵 두 개를 나란히 놓은 것처럼 하얗게 지우고 색연필로 눈과 입을 그렸더니 눈사람이 되었다.

잘못 그려도 지울 수 있다면 나도 할 수 있을 것 같은 생각이 들어 바로 등록했다. 이것이 내가 그림에 입문한 첫걸음이었다.

처음에는 엽서 두 장만 한 종이에 레몬을 그렸다. 선명한 노란색으로 레몬 모양을 그리고 빛이 반사되는 부분을 지우개로 지운다. 꼭지 부분은 황록색, 절단면은 연갈색으로 칠한 후 그림자를 그려 넣어 완성했다. 선생님의 칭찬을 받은 나는 '뭐야, 쉽잖아?'라며 만족감에 젖어 열심히 그림을 배우러 다녔다. 매년 12월이 되면 연하장에 다가올 해에 맞는 12간지를 그려 보냈다. 12간지를 전부 그렸을 즈음 이사를 하는 바람에 아쉽게도 파스텔화 교실을 그만두었다. 하지만 그 후 수묵화를 배웠고 지금은 콧날이 오똑한 석고상을 바라보며 데생을 하고 있다.

오래전 그날의 고요했던 현관은 나를 앞으로 움직이게 해 준 한 줄기 빛이었다. 그리고 가족에게 하는 일상적인 인사는 스스로에게 힘을 주는 응원으로 바뀌었다.

'잘 다녀와.'

처음 예문의 글과 사뭇 달라지지 않았는가?

쓰고 싶은 것은 물론, 핵심어나 상징적인 말도 중간에 파묻히지 않도록 가능한 글의 앞부분에 배치하는 게 좋다. 이 글의 핵심어는 '잘 다녀와'다. 이 대사를 맨 앞에 두어 마지막의 결론 부분이 살아났다.

퇴고할 때 말의 의미를 한층 더 깊이 생각해 보면 문장의 구성도 달라진다. 몇 번이고 다시 읽고 무엇을 쓰고 싶었는지, 쓰고 싶은 것이 잘 전달되는지를 확인해야 한다.

point

실수를 방지하고 글을 매끄럽게 다듬기 위해서
완성된 글은 반드시 다시 읽어 봐야 한다.

누가 언제 어디서 무엇을 어떻게 했다. "어? 여기에는 육하원칙 중에서 다섯 가지밖에 없잖아? 그렇다면 나머지 하나는 무엇이지?" 그것이 '왜/어째서'라는 사실을 깨닫는 데 조금 시간이 걸렸다.

아사히 문화센터나 기업 연수 등에서 다양한 사람들의 글을 읽고 첨삭할 기회가 있었다. 그때 '왜 그렇게 생각했는지, 어째서 그렇게 느꼈는지를 쓰면 이해하기 쉬워지는데…'라고 생각하곤 했다. 그런 연유로 '왜/어째서'가 글에서 갖는 의미를 자세히 살펴보게 되었다.

"어제 동물원에서 나는 사자를 봤습니다." 글을 잘 못쓰겠다는 사람도 '누가 언제 어디서 무엇을 어떻게 했다'는 쓸 수 있다. 하지만 한 줄 이상을 쓰려면 마지막 요소, 즉 '왜/어째서'를 빼 놓아서는 안 된다. 글을 못 쓴다고 말하는 사람의 대부분이 그 마지막 요소를 놓치고 있다는 사실을 깨달았다.

하지만 그 내용을 '글쓰기 책'으로 정리하는 것은 지극히 어려운 일이었다. 역시 글을 쓰는 것은 쉽지 않다. 참고할 문헌도 없었다. 이 책 역시 일곱 번을 다시 썼다. 담당 편집자는 정확하고 예리한 지적을 계속 해 주었다. 그때마다 밤을 새워야 했지만, 그가 없었더라면 이 책을 완성하지 못했을 것이다. 감사할 따름이다.

또한 이 책의 일부 예문은 아사히 문화센터에서 내 강의를 들은 분들의 에세이를 편집해서 사용했다. 이시이 고메이, 이치카와 우타코, 오자키 시게코, 다나카 히데, 데구치 게이코, 도마 마사아키, 나카무라 마사요시, 야나기자와 치에코, 야마시타 키요에 님의 협조에 진심으로 감사드린다.

신록의 계절에
마에다 야스마사

—»» ««—

—»»‹‹—

한 줄도 진짜 못 쓰겠는데요

1판 1쇄 펴냄   2019년 5월 30일

지은이   마에다 야스마사
옮긴이   황혜숙

출판등록   제2009-00281호(2004.11.15.)
주소   03691 서울특별시 서대문구 응암로 54, 3층
전화   영업 02-2266-2501   편집 02-2266-2502
팩스   02-2266-2504
이메일   kyrabooks823@gmail.com
ISBN   979-11-5510-077-6 03800

키라북스는 (주)도서출판다빈치의 자기계발 실용도서 브랜드입니다.

프리랜서로 살아남기

프리랜서가
안정적으로 돈을 버는
43가지 방법

야마다 류야 지음 | 정지영 옮김

연 수입 1억 원의 성공한 프리랜서가 알려 주는 생존 전략

10여 년에 이르는 다양한 경험을 바탕으로 프리랜서로 성공할 수 있는 비법을 43가지로 정리했다. 클라이언트를 찾는 기술부터 안정적인 수익 구조와 거래처 관리 방법까지 당장 활용할 수 있는 조언이 가득 담겨 있다.

나는 매일 서점에 간다

만능 크리에이터의
서점 활용법

시마 고이치로 지음 | 김정미 옮김

잘되는 사람은 왜 서점에 갈까?

도쿄 시모기타자와의 작지만 개성 넘치는 동네 서점 B&B. 그곳을 꾸려 가는 크리에이티브 디렉터가 서점에 가야 하는 이유, 서점에서 아이디어를 얻는 방법, 창조적 발상을 이끌어 내는 독서법 등을 소개한다.

누구나 생각한 대로 글을 쓸 수 있다!

▼ ▼ ▼ ▼ ▼ ▼ ▼ ▼ ▼

일상에서 글을 쓸 일은 의외로 많다. 학교에서 해야 하는 작문은 물론 진학이나 취업을 준비하고 직장에서 일할 때 다양한 형식의 글을 꽤 자주 써야 한다. 그런데 글을 잘 쓸 수가 없다!

이 책은 글쓰기를 어려워하는 이들을 위해 기획되었다. 일단 한 줄 그리고 또 한 줄, 글을 이어 나가는 방법을 연습해 보자. 글을 쓰는 데는 분명 요령이 있다. 그 요령을 짚어 가면서 쓰다 보면 반드시 길이 열릴 것이다.

✓ SNS와 블로그에 글을 잘 **쓰고 싶다**

✓ 진학과 취업을 위해 특색 있는 자기소개서를 **쓰고 싶다**

✓ 리포트, 보고서, 기획서 등을 일목요연하게 **쓰고 싶다**

✓ 여행기나 에세이와 같은 감성적인 글을 잘 **쓰고 싶다**

03800

9 791155 100776

ISBN 979-11-5510-077-6 값 13,800원